创意写作书系

悬念

教你写出扣人心弦的故事

[美] 简·K. 克莱兰 ◎ 著
(Jane K. Cleland)

赵俊海　张琮　龙惠慧 ◎ 译

MASTERING SUSPENSE,
STRUCTURE, AND PLOT
HOW TO WRITE GRIPPING STORIES THAT
KEEP READERS ON THE EDGE OF THEIR SEATS

中国人民大学出版社
·北京·

"创意写作书系"顾问委员会

（按姓氏笔画排名）

刁克利	中国人民大学
王安忆	复旦大学
刘震云	中国人民大学
孙 郁	中国人民大学
劳 马	中国人民大学
陈思和	复旦大学
格 非	清华大学
曹文轩	北京大学
阎连科	中国人民大学
梁 鸿	中国人民大学
葛红兵	上海大学

推荐语

阿加莎奖获奖作家简·克莱兰精心写作了一本关于如何写作畅销书的畅销书，富有洞察力且令人愉悦。《悬念》是每个作家的必读书目。

——温迪·科西·斯托布，《纽约时报》畅销书作家

爱不释手，不可或缺！不论新手还是资深作家，这本非凡的指南都是你的必读之作。写作时一定要有它——它是个宝藏。

——汉克·菲利皮·瑞安，阿加莎奖、安东尼奖、麦卡维提奖和玛丽·希金斯·克拉克奖获奖作家

不愧为大师之作！我爱这本书。我多希望我在写第一本犯罪小说时就有这本书。这是一座埋藏了写作技巧的金矿，洞察了如何构建和调整小说节奏。才华横溢！甚至在我写现在这本书的时候，我发现自己还在反思及运用她的见解。这不是公式化的问题，而是关于先理解结构后融会贯通的问题。《悬念》对于任何想要认真写小说的人来说都是非同凡响的资源，不仅是对犯罪小说，对任何小说都是如此。

——路易斯·佩妮，《纽约时报》畅销书作家

简·克莱兰描绘了一幅详细的路线图以指引悬疑写作之旅，以一种深思熟虑且巧妙构造的方式，简洁大方地涵盖了一切。我真希望在我写作推理小说之前曾读过这本《悬念》，但即使现在才拥有它我也很高兴。

——玛丽·简·克拉克，《纽约时报》畅销书作家

让简·克莱兰，这位传统推理小说的女王来揭示悬疑小说的秘密吧！让创作当今最热门的悬疑小说不再汗流浃背！

——保拉·穆尼尔，塔尔科特·诺奇文学机构高级文学经纪人，《完美情节》($Plot\ Perfect$）的作者

献给我的母亲露丝·切斯曼

当然，还要献给乔

致谢

感谢《作家文摘》团队的独到见解和指导，特别是我的亲密合作伙伴：出版商菲尔·塞克斯顿、执行主编雷切尔·兰德尔、副主编切尔西·亨舍、封面设计师亚历克西斯·埃斯托耶、文字编辑金·卡坦扎里特和校对贝琪·巴伦格尔。

还要感谢我的小说编辑们：圣马丁牛头怪（St. Martin's Minotaur）出版社的执行编辑霍普·戴伦和助理编辑西里莎·肯尼，以及《阿尔弗雷德·希区柯克悬疑杂志》（*Alfred Hitchcock Mystery Magazine*）的主编琳达·兰德里根。特别感谢我的文学经纪人克里斯蒂娜·康塞普西翁。

我还想感谢建议我写这本书的保拉·穆尼尔，鼓励我讲我母亲故事的让·加利亚纳，告诉我应该在本书中加入哪些例子的 G. D. 彼得斯，以及所有的作家——是他们的作品启发了我。

序言

和许多作家一样，我最早期的作品是一些回忆录，记录了我生活中的部分片段。有一次搭便车，接我的凯迪拉克司机绘声绘色地告诉我，如果我坐错车会发生什么。还有一次，为了让妹妹跑得更快，我把她的三轮车绑在我的自行车上，结果差点害死她。

如同将三轮车绑在自行车上一样，我将一些生活片段串联起来，以为这就是写作，还觉得自己的作品行文流畅、言简意赅，甚至还有些洋洋得意。但在读过不少优秀的文学作品后，我才明白什么是平庸和脱节的叙事、什么是做作的角色。至于我的故事，更不值一提，它都不成"形"。

原以为我已经阅书无数，自然也能写书。然而，我所做之事不过是开启一个话题，然后堆砌辞藻。事实证明，一系列的片段串联在一起并不能等同于一条故事线或一个情节。

这引发了我的第一个顿悟：写作比它表面看上去要难得多。天啊，我真希望那时能有简·K.克莱兰的精彩著作可供参考。如能早一点认识到"结构为王"（参见第二章）这一真理，我就能将片段式的叙事塑造成一个连贯的整体。

在继续创作那部尚未出版的手稿时，我经历了更多关于写作的顿悟，比如这个——"收尾比开篇难得多"，尤其在你想要一个理所应当且令人满意的结局时（参见简的"3X策略"）。

我在多次被拒后花了很长时间才弄明白的经验，读者却可以在《悬念》一书中轻松获得。例如，一部小说要有一条主故事线，它的角色需要成长轨迹，等等。其中"简的《情节设计路线图》"是我最为珍视的，你可以在第三章中找到它。

简的建议还为我进行中的写作项目提供了许多帮助，如"孤立主角"就增加了故事的悬念、强化了作品的前进动力。她还让我对"红鲱鱼谬误"有了新的认识，使我不再只是以单纯的情节设计工具来对待。哪怕写作因为结构复杂而停滞不前，她也有办法应对。

即使已经写了九部小说，我仍感到在设计情节和构建结构上相当吃力。我一直凭直觉写作，结果却总是进展缓慢，然后陷入无休止的自我怀疑之中。虽然我对最终结果很满意，但简的技巧能让这一漫长而艰辛的过程简单一些。借助她所提供的关于故事结构、情节和悬念方面的诸多技巧，能让我更有效、更优雅从容地得到相同的结果。

简而言之，需要有人写出一本关于如何写作的指南，而简做到了。《悬念》一书中满是高超的技巧、独到的见解和睿智的建议。但她绝不固执己见，她总是对作家们说："试试这个办法，看看它对你是否有效。"书中所举示例不仅有助于阐明她的观点，且涵盖了各式各样的小说体裁，从经典文学作品到现代爱情小说，从回忆录到惊险小说等，无所不包。不仅如此，书中还有许多巧妙的练习可供将她的理论运用于实践。总之，她的建议既实用又充满了智慧。

虽然我小小办公室的书架空间有限，但这本书是我必会保留并反复参考的。它是所有作家书桌上的必备品。

哈莉·艾芙伦[1]

---

[1] 哈莉·艾芙伦是《纽约时报》畅销书《一夜好眠》（*Night Night, Sleep Tight*）和其他八部悬疑小说的作者，《波士顿环球报》的获奖书评人。她的小说《永不说谎》（*Never Tell a Lie*）被终生电影网络（Lifetime Movie Network）公司拍成了电影。她的作品还入围了埃德加奖、安东尼奖和玛丽·希金斯·克拉克奖的决赛。

前言

> 如同绘画或音乐一样，写作也有透视及明暗法则。如果你生来就知道这些，那当然很好。如果不是，那就学习它们，再根据自己的身量做出适当剪裁。
>
> ——杜鲁门·卡波特

一次，我妈妈在我上班时间给我打电话，那时我二十多岁，她六十好几。我当时是一家非营利机构的业务经理，正忙于月末的对账工作。

"我要见你，"她说，"有紧急情况。"

我抓起包向门口跑去，顺势把头探进老板的办公室，告诉他我得走了，家里有急事。他严肃地点了点头，让我随时向他汇报情况，如果有什么需要帮忙的就告诉他。

如同大多数人一样，你会对发生了何事感到好奇。当读者知道在他们关心的角色身上某事正在发生或可能发生，但他们却不知道详情时，就产生了悬念。如何构建与安排悬念，如何将它延伸发展成一个故事，如何揭示它，这些都是写作的技巧，也是本书的主题。

妈妈一声不响地坐着，泪如雨下，膝盖上放着一个撕开了的、皱巴巴的信封。

我慢慢地向她走去："发生了什么？"

她嘴唇颤抖着把信封递给我。

我把信抽出来读了一遍，又读了一遍。我抬起眼睛看着她的脸。"噢，妈妈。"我说。

悬念不必非得是高速的汽车追逐，也不必非得是窗外掠过的诡异身影。发生在普通人身上的生活琐事同样具有悬念。无论什么体裁，从平淡无奇中制造悬念是作家的工作，而这本书会告诉你如何做。

本书的第一部分用于指导你思考如何开发情节或故事线，如何搭建故事结构并保持适当的叙事节奏。第二部分具体介绍了增加故事紧张感和悬念的写作技巧。其中还有来自畅销书作家的几十个示例，它们演示了如何将悬念整合到故事的整体结构、情节或故事线中。而其中的练习部分则可以确保你学会运用这些技巧。此外，本书中还有两个贯穿始终的案例，它们将带你熟悉一种可靠的写作过程，让你也能写出令读者爱不释手的故事。

其中一个案例是关于一件令人不安的日常事件（钱包从杂货店手推车上被偷了）让主角陷入了一场可怕的噩梦（家庭惊险小说）；在另一个案例中，一个男人要在多个矛盾的选项之间做出痛苦抉择（他年迈的父亲、叛逆的孩子、前途未卜的事业和失去耐心的妻子），并想努力找到自己生活中的平衡点（叙事类纪实文学）。这两个案例很好地展示了本书中讨论的每一个建议、工具和技巧的实际可行性与易用性。

现在已经清楚了，我六十六岁的妈妈想成为一名心理治疗师。她在我不知情的情况下，申请了一个提供专业学位的硕士项目，并且被录取了。

"申请学位的事，你怎么没告诉我？"我说。

"我没告诉任何人。我不想给自己带来厄运。"

我笑了："妈妈，你太棒了。"

她擦去脸颊上的泪水："你能相信我被录取了吗？"

"太难以置信了。"

"很抱歉把你从工作的地方叫过来，但我必须亲口告诉你这个好消息。"

　　我跪在她面前，把信放在地毯上，把它抚平，然后握住她的手。"我们应该定个规则。你每次去上学的时候，下课后都要给我打电话。"

　　然后，我们拥抱在一起。那时，我想着，希望以后我遇到的每一次家庭紧急情况都能有这样快乐的结局。

悬念是故事的核心和灵魂。离开了悬念，只有那些对你的故事主题非常感兴趣的读者才能坚持读下去。为了保持住读者的兴趣，扣人心弦的故事还必须搭配能引人共鸣的角色。无聊平庸又做作的故事、不紧不慢或飘忽不定的节奏，以及无法令人共情的角色，都会使读者失去兴趣。读完这本书，你将精通许多写作技巧，创作出令读者爱不释手的故事。这些故事不仅会深受读者喜爱，而且会大卖特卖。

目录

第一部分　思考

第一章　了解读者

为读者而写作　　　　　　　　　　　　　　　/ 4
了解读者的期待　　　　　　　　　　　　　　/ 6
发现读者的期待　　　　　　　　　　　　　　/ 10
叙事问题　　　　　　　　　　　　　　　　　/ 10

第二章　结构为王

用结构框定情节　　　　　　　　　　　　　　/ 16
供你选择的两种可靠结构　　　　　　　　　　/ 16
简单清晰的线性结构　　　　　　　　　　　　/ 17
变幻多端的非线性结构　　　　　　　　　　　/ 18
在单一视域或多重视域间做出选择　　　　　　/ 19
增加紧张感的强化措施　　　　　　　　　　　/ 22
挑选结构　　　　　　　　　　　　　　　　　/ 27

第三章 简的《情节设计路线图》

寻找创意	/ 35
选择你的转折、逆转和高危时刻	/ 38
确定合适的节奏	/ 39

第四章 布置舞台

在角色驱动或事件驱动之间做出选择	/ 48
哥特小说的背景设定	/ 49
简洁即丰富	/ 51
根据体裁选择背景设定	/ 53
用感官元素让背景设定生动起来	/ 57
与背景互动的角色	/ 60

第五章 加入两个次要情节

有特定作用的次要情节	/ 64
使用简的《情节设计路线图》维持紧张节奏	/ 69
在系列故事中使用主题性和可重复性的次要情节	/ 72

第六章 孤立主角及其他所有角色

孤立，一种制造悬念的工具	/ 76
孤立研究综述	/ 76
当孤立成为情节的中心	/ 77
物理孤立：孤身一人	/ 79
社交孤立：感受孤独	/ 79

孤立驱动性格变化　　/ 81

　　写出情感真相　　/ 83

　　用隐喻阐释孤立　　/ 85

第七章　为故事增加精彩一笔

　　了解人类的本性　　/ 92

　　利用红鲱鱼谬误——人性　　/ 92

　　利用红鲱鱼谬误——细节　　/ 96

　　利用红鲱鱼谬误——专业知识　　/ 99

　　融入红鲱鱼谬误　　/ 101

第二部分　写作

第八章　增添少许惊喜

　　玩偶盒效应　　/ 108

　　日常生活中的意料之外　　/ 113

　　解析意料之外　　/ 114

　　构建意料之外　　/ 114

　　意料之外和悬念的区别　　/ 117

　　用行动增加戏剧性　　/ 121

　　三步走策略　　/ 124

第九章　想读者所想

　　稳定 VS. 混乱与背叛　　/ 128

　　探索之旅　　/ 132

发现认识盲区　　／ 138

　　在深刻理解的基础上写作　　／ 146

第十章　小声说话

　　用寂静最大化声音的效果　　／ 150

　　关于声音的科学：与读者建立联系　　／ 151

　　用合适的词汇描述声音　　／ 154

第十一章　营造害怕与恐惧

　　你的角色害怕什么　　／ 168

　　害怕的积极面　　／ 168

　　当读者知道的比角色多时　　／ 169

　　基于害怕或恐惧的情节　　／ 171

　　营造害怕与恐惧　　／ 175

第十二章　慢慢揭晓答案

　　激发读者的好奇心　　／ 182

　　利用不可靠叙述者制造悬念　　／ 182

　　留住悬念　　／ 186

　　缓慢揭露真相的三种技巧　　／ 193

第十三章　写出精彩的句子

　　清晰表达含义　　／ 198

　　构建句子的两条注意事项　　／ 198

  闪回 / 202

  用短句增加紧张感 / 204

  找到自己的作者声纹 / 207

  修订时应目标明确 / 209

第十四章　收尾

  深思熟虑地收尾：3X 策略 / 212

  启迪——邀请读者走进故事的世界 / 213

  让工具发挥作用 / 214

  思考、写作、修改（请按此顺序进行） / 216

  最后的一些思考 / 217

后记 / 219

第一部分

思 考

第一章　了解读者

> 人们会忘记你所说所做,但他们永远不会忘记你带给他们的感受。
>
> ——玛雅·安吉罗

为读者而写作

《死也要得到的古董》（*Antiques to Die for*）是"乔西·普雷斯科特古董悬疑"（Josie Prescott Antiques Mystery）系列的第三部作品。在我提交这部作品的手稿后不久，圣马丁牛头怪出版社与我对接的编辑邀我共进午餐。她刚坐下来就说："我突然间意识到了问题所在：你根本不知道你正在写舒逸推理小说。"

舒逸推理小说的定义

舒逸推理小说属于传统推理小说的一个分支（而推理小说本身是犯罪小说的一个分支）。"舒逸"一词源于一种茶具，其实就是在茶壶的外面罩上一个手工缝制或钩编的套子，这样可以使茶壶更保温。同时，这一命名也是向该体裁的创造者阿加莎·克里斯蒂致敬。马普尔小姐是克里斯蒂笔下最著名的侦探之一，很少离开她所生活的英国乡村。她不仰仗法医学，而是依靠她对人性的体察来破案。（表 1.1 列出了传统推理小说，也包括舒逸推理小说中常见的元素和属性。）虽然一些当代的舒逸推理小说失去了可信度（例如，让猫破案），但仍有许多作品文学味十足，甚至可称得上博学多识。

顺便说一下，这是我第一次听到别人说我的作品有问题。不用说，我当时的感受是震惊、懊恼与害怕。一个小时后，我有了不同的想法。我仍然感到震惊、懊恼与害怕，但我只埋怨自己，因为我意识到：是我忽视了读者。我当时正经历着一段艰难的时期，是我把情绪波动渗透进了小说之中。我没有写出甜蜜，反而留下了黑暗。读者喜欢我的书，是因为他们能猜到书里有什么。当然，他们想要的并不是相同的故事，而是交织在每一个故事中的熟悉的角色、小镇、诚实、善良，以及公平竞

争的基本原则。而一些更加适合黑色小说①的元素，如主角乔西和她男朋友泰之间的愤怒冲突，实际上是在推开读者。

这次午餐还有一个重要的意义，那就是让我认识到了自己是一位舒逸推理小说作家。可以说，以前的我既不了解自己的创作体裁，也不了解读者。从那天起，我就一直在努力创作曲折复杂、出人意料的故事情节，并将故事背景都设定在新罕布什尔州迷人的海滨小镇洛基角，以此来愉悦我的读者。即使在角色需要面对成长过程中意想不到的挑战时，我的故事也会让人觉得舒适安逸。对我的读者来说，阅读一个乔西的故事就像穿上一件最喜欢的旧毛衣。

我一直很感激编辑肯花时间耐心解释我错在何处。她本可以直接拒绝这份手稿，但没有那样做，反而给了我修改的机会。她使我明白了自己的小说"好"在何处。

当然，判断一个故事"好坏"与否是件很主观的事情，但大多数能够出版的书都有两个共同特点。第一，它们既要给人新鲜感又要让人觉得熟悉亲切。这种双重期望看似矛盾，但其实并不矛盾。从出版商的角度来看，如果一件作品没有新鲜感，那为什么还要出版它呢？但是，发行商如果不熟悉它，也不会知道如何去营销。例如，当惊险小说书迷拿起一本书时，他们期待的是一种特定的阅读体验——为一位能拯救世界、能破解复杂局面且能力挽狂澜的主角欢呼。这就是惊险小说的基本结构。然而，如果还是老套的角色和陈旧的情节，那就是一个失败的故事。一部毫无新鲜感的作品怎会得到出版商的青睐，又怎会有读者为它掏腰包呢？成功的作品要既符合其所属体裁的惯例，同时又能给读者带来意料之外的体验。诀窍就在于将"意想不到"叠加在"往常惯例"之上。

第二，故事要打动读者，使读者想角色之所想。要达到这种境界，

---

① 黑色小说（noir novel）：起源于20世纪的一种特殊的犯罪小说，属于"硬汉"犯罪小说的一个分支。对现实进行直截了当的描述是这类小说的主要特征，灰暗、暴力、色情、反社会是它们的主要元素。——译者注

你必须对读者的需求有深刻理解。

有些作家可能不同意这种以读者为中心的思维模式。他们只写自己所好，认为只要写得好，自然会有读者欣赏。我并没有轻视这种方法的意思，它有时的确有效。成功者自有成功的道理，所有作家的出版之路都不相同。但是，对我来说，使用这种随心所欲的方法只会适得其反。如果我眼里没有读者，写出的故事就会无人问津，就如精心烹制的佳肴无人品尝一样。所以，我希望读者在购买我的书时，在能够获得他们所期望的阅读体验方面都信心十足。

常见问题解答

问：为读者写作听起来像是在"拉皮条"？

答：用"拉皮条"这个词就太过了。你如果觉得自己在卖身，则大可忽略这个建议。在《我得告诉你》[(*I Gotta Tell You*)，由马修·西格编辑]的前言中，伟大的演说家和商业转型专家李·艾柯卡写道："我曾多次被问及什么是好的演讲。良好的写作、练习及有价值的内容——所有这些都很重要。但我认为，如果演讲者一开始就对听众有一种深深的责任感，则其他一切都会水到渠成。"在我看来，艾柯卡所说的"责任感"完美地诠释了作者应与读者达成的契约。因为有责任感才有关怀，有关怀才能带来承诺。对我来说，为满足读者的需求和期望而写作并不是迎合，而是尊重。如果你愿意去了解读者，以此表达对他们的尊重，那他们就会成为你的忠实粉丝，以此来表达对你的尊重。

了解读者的期待

了解读者对小说的期待是满足他们的第一步。每种体裁都有惯例，了解这些惯例是对体裁的尊重，也是对读者的尊重。让我们看看下面这些常见小说体裁中的惯例：

● 纯文学小说：由角色驱动故事发展。内容通常是关于角色生命中的一个过渡阶段，如成长、克服遗弃、面对死亡等；或者反思一些普遍性的主题，比如善与恶、独立自主与相互依赖等。

- 通俗小说（又称商业小说或类型小说）：由情节驱动故事发展。其分支包括犯罪小说、奇幻小说、爱情小说、恐怖小说和科幻/推理小说。

纪实文学作品（有时也被称为创造性非虚构文学作品或文学类非虚构作品）指的是符合"创造性、非虚构"定义的广泛文学作品，其特征是"精心讲述真实的故事"。在创造故事的亲和力、理解力和即时性的手法方面，纪实文学作家与小说作家没什么不同，比如，他们都会为故事制造悬念。纪实文学作家通常也会采用小说创作中常用的技巧，如对话和描述，但他们更侧重于讲述事件背后的情感真相。纪实文学中最常见的两种形式是：

- 回忆录：讲述某个人的故事。自传是按照时间顺序罗列事件，回忆录则是分享生活中的一个主题，其子类型范围广泛，包括从游记到克服障碍（如戒毒、治疗精神疾病或从灾难中幸存）等各种题材。总之，在回忆录中，作者讲述的是自己的故事。

- 文学新闻[①]（也称叙事新闻）：一种公开的故事。其子类型包括名人简介、棒球或啤酒制造领域的行业简介、真实犯罪案件等。在文学新闻中，作者讲述的是别人的故事。

写作应该以"为熟悉的故事注入新的活力"为目标。谁也不想自己的作品给人留下刻板或仿制的印象，但要想成功，有一条重要原则必须遵守：角色的渴望要能引起读者的共鸣。

我写的是舒逸推理小说，它是犯罪小说之下传统推理小说的一个子类，与惊险小说这一流行的子类有很大的不同。虽然传统推理小说和惊险小说具有相同的特点（例如，它们都以犯罪为特征），但它们位于犯罪小说谱系的两端。传统推理小说是找出谁犯了罪，惊险小说则是关于如何阻止犯罪。在比较表1.1中这两个看似相反的子类型时，你会注意到，

[①] 文学新闻（literary journalism）：指将传统的叙事技巧和文体策略融入新闻报道的一种文体形式，如将散文诗的技巧融入报道或时事评论中。——译者注

解析体裁惯例

要想了解读者的期待，你必须先了解自己的写作体裁。以犯罪小说为例，它本身就是通俗小说的一个分支，其下又有十多个分支流派，每个分支流派都有自己的一套惯例。比如，犯罪小说还有以下一些子类型：

- 传统犯罪小说
- 超自然犯罪小说
- 历史犯罪小说
- 爱情悬疑犯罪小说
- 警匪小说
- 私家侦探小说
- 硬汉小说
- 传统推理小说
- 女性处于危险之中的犯罪小说
- 黑色小说
- 间谍小说
- 惊险小说

子类之下还有分支。例如，在惊险小说中，还有法律惊险小说、医疗惊险小说、政治惊险小说等。在传统推理小说中，还有舒逸推理小说、以手工制作或动物为主题的小说等。

尽管它们在本质上有所不同，但它们有一个共同的基本元素——对悬念的使用。

表 1.1 了解体裁

	体裁	
	传统推理小说	惊险小说
受害者/凶手关系	凶手和受害者彼此认识，而不是随机的连环杀手。	受害者和凶手通常是陌生人；受害者往往是凶手阴谋中的棋子。

动机	作案动机通常是私人恩怨，与家庭有关，涉及爱、恨、报复、贪婪或嫉妒等。	作案动机通常与私人恩怨无关，尽管它可能起源于某个私人问题，例如，一个失业员工决定杀死公司里的所有人。有时可能是因为凶手患有精神疾病。还有时，凶手的动机是"MICE"——一个间谍行业里创造的首字母缩写词，即诱使人们变成国家叛徒的元素集合［分别是金钱、意识形态、阴谋和自我（money, ideology, conspiracy, ego）］。
性内容	没有露骨的性爱描写，但可以有风雅的拥抱和亲吻。	大量的性描写或暗示，通常很露骨。
暴力的呈现	没有生动详尽的暴力描写；通常不呈现暴力。	有生动详尽的暴力描写；经常呈现暴力。
攻击性语言的使用	没有脏话。	出口成脏，满口攻击性语言。
法医学的作用	解决方案取决于侦探的推理能力；没有或很少有法医学发挥作用的地方。可以少量使用一些简单的科学元素，如指纹分析。	通常情况下，法医学和高科技设备在破案中占据重要地位。
侦探的特点	主角是可敬且善良的——最重要的是，他总是让人产生亲近感。	主角是一个非常非常高尚的好人——一个值得尊敬的英雄。
凶手特征	凶手通常很讨人喜欢，是一个被逼上梁山的好人——最重要的是，他也能让人产生亲近感。	凶手是一个非常非常邪恶的坏蛋——一个名副其实的恶棍。

侦探失败的后果	即使主角失败了，产生的后果也仅局限于个人。一桩未侦破的谋杀案虽然令人不安，甚至令人恐惧，但并不会如我们所知的那样威胁到整个生活。	如主角未能阻止坏人，可能为全"世界"带来灾难。"世界"可以是它的字面上的意思，如世界末日；也可以是一种比喻，如一个孩子的死亡让父母的"世界"崩塌了。
背景设定	故事通常发生在一个小镇上，而且只在这一个地方。	故事可以发生在一个或多个地点，从与世隔绝的地方到大城市，通常涉及的地点较多。
节奏	缓慢到适中之间。	快速的节奏，像是与时间赛跑一样。
子类	有一个叫舒逸推理小说的子类，以业余侦探办案为特征。其他子类包括让动物参与破案的主题，以及一些涉及手工技能的主题，如缝纫、烹饪、整理族谱、园艺、古董仿制等。	许多子类都具有专业性，如政治、医学、间谍、法律、技术等子类。

发现读者的期待

了解读者要先从他们喜欢的书入手。你可以在你所选的体裁中挑选六本或以上最受人喜爱或最畅销的书，然后反复阅读它们，并留意其中如表1.1所示的那些关键元素。再之后就是将你所学到的东西稍加修改，应用于自己所写的体裁之中。

叙事问题

叙事问题是指在书的开头提出且必须在书的结尾得到解答的首要问

题。因此，叙事问题可以看作作者与读者之间的一种契约。但叙事问题很少以实际问题的形式提出；相反，它们总是隐含在书中所创设的情境里。

叙事问题越早提出越好。读者才没有耐心看你慢慢设定背景，因此你需要立刻抓住读者的眼球。（但这个问题也与故事节奏的快慢有关，我们将在第三章对此进行讨论。）

你肯定听说过"契诃夫之枪"。它是用来比喻故事中所提到的所有内容都必须服务于一定目的的。契诃夫写道："删除一切与故事无关的内容。如果你在第一章说墙上挂着一支来复枪，那么在第二章或第三章，它肯定会开火。如果它不开火，它就不应该挂在墙上。"

叙事问题也应遵循类似的原则。你如果不想回答某个叙事问题，就不要在书的开头提出它；同样，你所提出的任何叙事问题都应成为故事最根本的问题，都应在故事结尾处得到解答。

表1.2展示了历史爱情小说①中的叙事问题和其他关键因素是如何发挥作用的。为便于分析，我选择了畅销书作家乔吉特·海耶尔所著的两部经久不衰的小说。

海耶尔著有五十多部作品，其中大部分是历史爱情小说。《弗雷德里卡》（*Frederica*）的故事背景设定在英国摄政时期（1811—1820年），讲述了一个二十四岁的女人在父母去世后负责照顾她弟弟妹妹的故事。

弗雷德里卡决心将她美丽的妹妹送入伦敦社交圈，她说服了冷漠的阿尔弗斯托克侯爵帮忙。

另一部作品是《害群之马》（*Black Sheep*），也是一部以摄政时期为背景的爱情小说，其主角是阿比盖尔和迈尔斯。二十八岁的阿比盖尔有很强的家庭责任感，四十岁的迈尔斯则毫无家庭责任感可言。

---

① 历史爱情小说（historical romance）：属于爱情小说的一个分支，其故事背景通常被设定为过去，出现于19世纪早期。——译者注

表 1.2 分析关键因素

	书名	
	弗雷德里卡	害群之马
主角动机	弗雷德里卡——帮助她美丽的妹妹查莉丝进入伦敦的社交圈。	阿比盖尔——阻止她心爱的侄女范妮落于财富猎人①之手。
反派动机	阿尔弗斯托克侯爵——不想让他苛刻的妹妹路易莎和同样苛刻的表妹卢克丽霞过得太好。	迈尔斯——娶阿比盖尔。
叙事问题	不为自己未来着想的弗雷德里卡能找到幸福吗?	阿比盖尔会屈服于家庭的压力吗?
主题	爱征服一切。	成年人应该独立做决定。
性内容	对爱情的渴望有所体现,但没有露骨的性爱描写。比如说,在查莉丝对一个男人抛媚眼时,你能感受到她的情欲。偶尔会有抚摸和拥抱。	对爱情的渴望有所体现,但没有露骨的性爱描写。例如,当迈尔斯看着阿比盖尔时,他的眼睛会闪烁;当阿比盖尔面对他充满激情的凝视时,她的脉搏会加快。
背景设定	摄政时期的伦敦及其周边地区。	英格兰巴斯市。
节奏	缓慢。	缓慢。
结构	线性结构,按几个月里故事发生的时间顺序叙述。	线性结构,按几个月里故事发生的时间顺序叙述。
悬念	总的来说,弗雷德里卡和阿尔弗斯托克的目标能实现吗?具体来说,查莉丝能如愿以偿吗?弗雷德里卡的幼弟会被杀吗?她的长兄会破坏她的计划吗?	总的来说,阿比盖尔和迈尔斯的目标能实现吗?具体来说,那位神秘的克拉彭太太能成功地把范妮和她那没用的情人分开吗?

---

① 财富猎人(fortune hunter):指想通过结婚一夜暴富的人。——译者注

现在轮到你将这种分析方法应用到自己的故事中了。把表 1.3 列出的清单应用到你挑选的六本书上。注意，列表中的分析因素仅是指导性的，并非不可修改。你可以自由添加与你写作体裁相关的其他因素。记得要始终关注故事的结构（将在第二章讨论）并追踪其中的悬念，这两个因素是所有体裁都必须具备的。

表 1.3　分析你所选体裁中的最佳书籍	
主角动机	
反派动机	
叙事问题	
主题	
性内容	
背景设定	
节奏	
结构	
悬念	
其他因素	

分析完这些故事的关键元素之后，你就对读者的期待有了一个全面的了解，并为动笔做好了准备工作。下一步是为故事挑选框架——结构。

第二章　结构为王

百丈高楼千丈基。

——圣·奥古斯汀

用结构框定情节

结构是一种组织原则,一旦确立,它自身就能帮助你创作故事。结构可以是线性或非线性的,可以简单也可以复杂,它隐现于不同的时间和地点,具有任意数量的视域和视角。不同的故事应该用不同的结构,没有对错之分。唯一可能出现的错误就是完全没有结构。

结构的缺点并不重要。我的第一部小说《暴露》(*Exposed*)就备受缺乏结构之苦。《暴露》是一部推理小说,主角是一个名叫托尼·巴恩斯的私家侦探。我喜欢托尼这个角色,现在还喜欢。我很享受讲述托尼的故事,不仅是那些与悬疑相关的部分,而且是关于他的一切,包括他的家庭。但围绕着这个虚构人物的杂乱叙事并不能构成一个紧密交织的情节。也就是说,这本书没有结构,只是胡乱地堆砌着一些辞藻。也难怪它不畅销。所以,为故事选择一种强大的结构,它才会拥有一个更幸福的结局。

供你选择的两种可靠结构

从亚里士多德的告诫,即故事需要一个开始、中段和结尾,到 19 世纪小说家古斯塔夫·弗雷塔格的故事分析法①(通常称为弗雷塔格金字塔或弗雷塔格三角形),为故事选择结构的想法并不新鲜。在本章中,我

---

① 古斯塔夫·弗雷塔格故事分析法(Gustav Freytag's storytelling analysis):一种由德国文论家古斯塔夫·弗雷塔格在 1863 年提出的对叙述文学情节构成方式的总结,它将小说或戏剧的叙述概括为五个基本环节,分别是开端、发展、高潮、尾声和结局。如将这种结构用图形来表示,开端至高潮阶段是情节上升期,用向上的斜线表示;高潮至结局为情节下降期,用向下的斜线表示。其完整图形刚好可以构成一个金字塔形或三角形,因此又称弗雷塔格金字塔或弗雷塔格三角形。——译者注

将简化这个过程，这样你就可以轻松地选择适合自己作品的结构。

结构的两种主要形式是线性（意即按时间顺序叙事）和非线性。这两种形式都可以与其他叙事方法相结合以增强其功能，比如书立式叙事、分类或闪回（或闪进）。这两种结构并非仅有的选项，不过却很可靠，一定能支撑起你的故事。

术语表

了解以下三个因素之间的不同之处，可以让你对它们做出明智的选择。

结构：故事的整体组织框架。

视角：即叙事视角（第一人称、第二人称、第三人称或全知视角）。

视域[①]：讲述的是谁的故事。

简单清晰的线性结构

线性结构遵循规则、连贯的时间线。有时候，一些故事线天然就应用了这种时间叙事法。例如，在詹姆斯·格雷迪 1974 年的惊险小说《秃鹰六日》（*Six Days of the Condor*）中，故事发生在书名所提到的那六天里。[有趣的是，当这本书被改编成电影时，它变成了《秃鹰七十二小时》（*Three Days of the Condor*）。] 普利策奖得主卡罗尔·希尔兹利用一个学年作为她 1976 年的小说《小型仪式》（*Small Ceremonies*）的结构。小说共分九章，故事发生时间从 9 月持续到来年 5 月。另一种情况是，叙述连续事件理应选择时间顺序，因为它是逻辑选择的自然结果。例如，本杰明·富兰克林的自传以"波士顿的祖先和少年"开篇，以"宾夕法尼亚驻伦敦的代理人"结尾，记录了他从 1706 年出生到后来在

[①] 视域（perspective）：perspective 一词原指视角、观点。作者用此词指代故事由哪个角色来讲述，其说出的故事会带有这一角色的独特视角与触及范围。由于暂未找到这一术语的既定译文，而且"视角"这一术语已被使用，通常用来指不同的人称视角，如第一人称视角，为与术语"视角"作区分，这里将其译为"视域"，因其本身指视力所及范围刚好与角色所能看到的有限视野范围相符。——译者注

伦敦工作期间的成就（1757—1762 年及 1764—1775 年）。

变幻多端的非线性结构

非线性结构是另一个选择，它不以事件发生的先后顺序呈现时间线。诺贝尔奖得主威廉·福克纳长期以来被认为是多重视角小说大师，用他的杰作《喧哗与骚动》(*The Sound and the Fury*) 呈现了一个复杂结构的例子。这部小说被现代图书馆选为 20 世纪最好的小说之一，包括四个部分，每个部分由康普生家族的不同成员讲述，故事的时间、地点和视域都随之发生了改变。在《我弥留之际》(*As I Lay Dying*) 这部作品中，福克纳更进一步，透过 15 个不同人物的视角来讲述 59 个章节的故事。

非线性结构虽然有助于从不同的角度讲述多条故事线，但也可能使故事变得过于复杂，有时甚至令人困惑。因此，为写作项目选择非线性结构必须小心谨慎。例如，丽贝卡是一位以缝纫闻名的女族长，而你正在写一个以她为主角的家族传奇故事，那么，你也可以以缝纫为线索来构建这本书的结构：在她的家族向边疆艰难迁徙时，丽贝卡缝制了一床"通往堪萨斯的石头路"图案①的被子；某些章节记述了她们家族在某个夏天经历的重要事件，其中就包括丽贝卡缝制了一床叫作"海滨飞针"的被子；当她的儿子与一个阿米什②女孩结婚而让整个家族惊愕不已时，她动手缝制一床名为"阿米什阴影"的被子；等等。最后，让被子出现在每一条故事线的结尾中。例如在某一天，为纪念刚刚去世的丽贝卡，

---

① "通往堪萨斯的石头路"（Rocky Roads to Kansas）是一种经典的拼布图案，最早见于 1800 年前后，属于美国西部拓荒时期的经典图案之一。这个图案先用各色布片拼接，超过图纸中的三角形大小之后，用纸片翻缝法拼接上三边的三角形，切割整齐，成为 1/4 图谱，最后组合四个正方形即可。——译者注

② 阿米什人，是美国和加拿大安大略省的一群基督新教再洗礼派门诺会信徒，以拒绝汽车及电力等现代设施，过着简朴的生活而闻名。阿米什是德裔瑞士移民后裔组成的传统、严密的宗教组织，过着与世隔绝的生活。他们不从军，不接受社会福利或任何形式的政府帮助，许多人也不购买保险。——译者注

这个家族的四代人都聚在了一起。每家每户都带来一床被子，然后轮流以被子为起点讲述一个不同的故事。最后，他们将这些藏品捐赠给当地的一个历史协会——这些藏品将在那里被保存下来，以供世世代代欣赏。在这个例子中，使用非线性结构是一种合理的选择，因为它与家庭、温暖、自力更生和奋斗的主题相吻合。

但请不要因为想表现自己的与众不同或自命不凡，或仅仅出于个人的兴趣而选择非线性结构。相反，结构选择应取决于你的故事。

在单一视域或多重视域间做出选择

推理小说经常使用多重视域结构，不仅让主角和反派都参与叙述，有时甚至还包括受害者视域。例如，在罗伯特·B. 帕克的《夜路》（*Night Passage*）中，每个章节都是透过某个角色的视域来讲述的，章节之间偶尔也会有视域的转换。下面列举了该作品的前五分之一所使用的视域：

- 第一章：杰西·斯通，主角视域。
- 第二章：汤姆·卡森，受害者视域。
- 第三章：杰西·斯通，主角视域。
- 第四章：黑斯蒂·海瑟薇，反派视域。
- 第五章：杰西·斯通，主角视域。
- 第六章：乔乔·杰内斯，反派视域。
- 第七章：杰西·斯通，主角视域。
- 第八章：卡罗尔·杰内斯特，受害者视域。在这一章的中间，有三句话使用了她前夫乔乔的视域。（注意：乔乔在他前妻视域的章节中出现，这是一个完美的隐喻，考虑到这是一个次要情节，乔乔试图进入他前妻生活的行为合乎情理。）
- 第九章：杰西·斯通，主角视域。
- 第十章：乔乔·杰内斯，反派视域。

- 第十一章：杰西·斯通，主角视域。
- 第十二章：黑斯蒂·海瑟薇，反派视域。
- 第十三章：杰西·斯通，主角视域。
- 第十四章：杰西·斯通，主角视域。
- 第十五章：杰西·斯通，主角视域。（有两句话使用了杰西的爱慕对象艾比·泰勒的视域，一句话在章节中间，另一句在接近章节结尾处）。
- 第十六章：汤姆·卡森，受害者视域。
- 第十七章：艾比·泰勒，杰西爱慕对象的视域。
- 第十八章：查理·巴克，怀俄明州的侦探视域。

《夜路》中的其他章节继续遵循这一模式，一章接一章地改变视域，但以次要角色为视域的章节占比较小，以主角杰西为视域的章节最多。你会注意到，尽管该作品存在多种视域，但故事整体仍采用了线性结构。这种转换视域的技巧可以让读者观察不同的人物如何思考，见证因果，并去感受随着一系列致命事件的发生，逐渐增长的悬念如何不断扩散紧张感。

转换视域很有诱惑力，因为它为读者提供了多个观察角度，让他们深入了解不同角色的生活和态度。但是，在采用非线性结构之前，还要知道它存在哪些缺点：

- 读者可能会在主角之前获知谁是反派，因而失去继续阅读的兴趣。
- 很容易在短时间内透露太多内容，并因此使故事失去悬念。
- 频繁切换视域可能会破坏叙事的流畅性。

此外，并非所有的作者都能写好每一种角色。例如，就像一些女性作者很难从男性的角度来写作一样，一些男性作者也很难从女性的角度来写作。有些作者在书写特定年龄（如儿童或老人）、不同文化或具有迥异教育背景的人物时会遇到困难。

我自己也遇到了这种问题。从成人的视角来描写关于孩子的场景是一回事，但从孩子自己的视角来描写又是另一回事。我花了两年的时间，试图让一个十二岁女孩发出的声音听起来更真实。这个女孩是短篇小说《最后的晚餐》（*Last Supper*）中的主角。这个故事最终发表在《阿尔弗雷德·希区柯克悬疑杂志》上，它讲述了一个刚成为孤儿的女孩试图在新世界中生存下来，最后却卷入了一起谋杀案。现在想来，终稿与初稿中的开篇差距颇大。

> **初稿：**围绕着老枫树出现了一圈黄色的警戒线。三天来，每次从校车停车处回家，也就是回以前莫里森的家时，我都是从犯罪现场旁匆匆而过。但是今天，虽然喉咙像是硬生生吞了一大块食物似的难受，我还是停下来看了一会儿。
>
> **终稿：**我以前最好的朋友杰基教过我一种止哭的法子，那就是用力掐自己。我今天故技重施，果然像往常一样奏效——我不再哭了。

终稿听起来是不是更加真实？虽然最后我成功了，但从一个青少年的视域进行创作，既让我觉得不自然又会浪费大把力气，所以我决定再也不这样干了。要在故事中写一个孩子或青少年，我会从一个成年人的视域来写。

第三人称全知视角也是一种多视角叙事的形式，它也拥有转换视域的优点。例如，简·奥斯汀在《傲慢与偏见》（*Pride and Prejudice*）中就使用了这种全知视角。虽然大部分的叙述都来自伊丽莎白的视域，但偶尔也会出现一些伊丽莎白不知道的信息，比如夏洛特对柯林斯先生的追求。

在穆丽尔·斯帕克1961年的非线性小说《布罗迪小姐的青春》（*The Prime of Miss Jean Brodie*，被《时代》杂志和《现代图书馆》评选为最佳小说）中，作者依靠闪进手法来构建悬念和复杂的故事结构。该故事发生于二战前的苏格兰，讲述了一名不拘泥于传统的女老师和六名女学生之间长达八年的故事。故事的开篇就使用了一个闪进——通过一个全知叙述者之口，我们得知了六个女孩中有一个背叛了布罗迪小姐，但还不知道具体是谁。每当读到布罗迪小姐和每个女孩的相处时光时，我们心里难免会想：是谁背叛了布罗迪小姐？斯帕克对全知叙述者的使用起到了很好的效果，因为这种方法能够使读者看到未来。

然而，全知视角也不是全无问题。它虽然向叙述者提供了无限的、无所不知的信息，但也强化了对故事的"讲述"，而不是对故事的"展示"。当从一个特定的视域叙述时，比如一个郊区的家庭主妇，当她叙述"她丈夫让她闭嘴并滚出家门"时，读者就能感受到她丈夫的愤怒。用肮脏的话语和恶狠狠地驱赶显示角色的感受，这是用事件揭示情感的典型例子。既然一个无所不知的叙述者可以很容易地讲述男人的感受，那就有可能剥夺读者在房间里观看这对夫妇争吵的机会。你如果选择了一个全知叙述者，则要警惕地避免"讲述而非展示"的陷阱，并利用这个机会深化对角色的描述。

虽然全知叙述者因其使用灵活且用途广泛的特性而极具诱惑力，但通常单一视角才是最好的选择。例如，在传统推理小说中，读者希望能体验到侦探所做的一切，而只有单一视角才能做到这一点。此外，单一视角是所有选项中最能与读者建立亲密关系的，因为这会让读者更加熟悉叙述者，并进一步培养出与叙述者之间的友谊。例如，我在自己的"乔西"系列故事中就使用第一人称视角。读者能见乔西之所见，如亲眼所见一样，还能在房间里观察她对人和环境的感受，以及她的行为举止。

虽然选项众多，但与大多数写作决策一样，通常最符合读者期待的才是最好的选项。

增加紧张感的强化措施

线性和非线性结构都可以通过搭配其他结构元素得到强化，比如书立式叙事、分类和闪回（或闪进）。这些元素都可用于加强结构；而结构越强，读者就越能专注于故事的情节、描写和主题，而不必担心迷失于混乱的故事中。

书立式叙事

书立式叙事主题对称，具有很强的吸引力。书立式叙事用相同的主题开始和结束故事，即在故事开篇设置好某个主题，然后在故事结尾处完成循环并回归相同的主题。书立式叙事给读者带来更深层次的思考和反思更加宏大的主题的乐趣。

例如，我的"乔西·普雷斯科特古董悬疑"系列小说，都以甜蜜互动场景开篇与结尾来构成书立式叙事，去辅助整体上的线性结构。每部小说的开篇都是乔西在工作或与朋友在一起的场景，以此将读者带入她的世界，结尾总是乔西和她男朋友泰之间的私密温存时光。因为幸福结局才符合舒逸推理小说读者的期待，这类小说通常以进入一个和谐美满的世界作为开篇，而在谜题得以破解，混乱消退、秩序恢复之后，故事的世界会再次变得和谐美满。你无论想为故事创造何种气氛，都可以使用书立式叙事。

2007年出版的惊险小说《猎杀淑女》（*All the Pretty Girls*）是《纽约时报》畅销书作家J.T.埃里森的处女作。作者有意营造出一种恐怖气氛，以烘托小说所讲述的虐待狂连环杀手的故事。故事以受害者说"不"开头，以破案的侦探说"是"结尾。这难道不是一种令人称心如意的书立式叙事吗？

书立式叙事也可以用于非线性叙事的纪实文学。例如，伊丽莎白·吉尔伯特所著随笔《女狼俱乐部沙龙里的缪斯》（*The Muse of the Coyote Ugly Saloon*）的开头和结尾都提到了谁是酒吧里最漂亮的女孩。故事开篇，叙述者把自己和其他女酒保做比较，说她并不是酒吧里最漂亮的女孩。结尾处，叙述者回忆道，她还是个小女孩的时候，每当她陪着祖父进入酒吧，她都会被捧成小公主，那时的她总是酒吧里最漂亮的女孩。作家如何表达自己的观点，角色又为何会做出他人眼中奇怪的选择？这种首尾对称的结构为我们做出了很好的示范。

在这篇随笔中，吉尔伯特讲述了叙述者在一家酒吧当服务员的经历，但我们不知道她为什么会选择在酒吧工作。直到结尾处，当她解释她为什么喜欢酒吧和酒吧里出没的男人时，我们才弄清楚原委。刚开始，我们只是好奇为什么一个女人会选择在酒吧工作，每晚回家时都喝得烂醉如泥，甚至不省人事。但当我们了解到叙述者将酒吧和男性对她的欣赏联系在一起时，她的动机就相当清楚了。在这个例子中，书立式叙事有助于读者理解"他人的肯定在角色成长中的作用"这一故事主题。

也可以说，书立式叙事能起到支撑主题的作用。读者可借此自然融入故事的世界、快速了解角色，并从开篇起就琢磨故事的主题。

分类

对内容进行分类有助于读者对故事的理解及丰富读者的体验。划分类别可根据地点、人物、活动、事件或其他有助于阐明主题的内容。

在伊丽莎白·吉尔伯特的长篇回忆录《一辈子做女孩》（*Eat, Pray, Love: One Woman's Search for Everything Across Italy, India and Indonesia*）中，她将线性叙事与分类结合起来。当你读到书名时，结构已和盘托出：那是关于作者横跨三大洲的探索——在意大利寻找美食；在印度祈祷；在印度尼西亚收获爱情。

伊塔罗·卡尔维诺1973年的非线性叙事小说《命运交叉的城堡》（*The Castle of Crossed Destinies*）以塔罗牌为结构。卡尔维诺把塔罗牌放在一个网格里，然后，他从上到下、从一侧到另一侧地翻看卡牌，再据此顺序写下一些互相交织的故事。

这部小说分为两部分："命运交叉的城堡"和"命运交叉的酒馆"，讲述了森林中两组旅行者的故事。他们都失去了说话的能力。一组人在城堡里过夜，另一组人住在酒馆里。在这两个地方，旅行者用塔罗牌代替语言来分享他们的故事，"谈论"他们的爱情、失意和探险活动。叙述者为读者解释牌面，但由于塔罗牌有多种解析方式，因此叙述者往往会给出错误解读。以塔罗牌为结构，可使作者在任意时间和空间中穿插叙述，同时突出了该故事的主题，即"模糊与清晰之间总在进行着交流转换"。

请记住，没有所谓的最佳分类方式。多多尝试，看看哪一种最能突出故事主题。

闪回①与闪进②

闪回与闪进提供了更多揭示信息的方式。例如，可以通过展示事件来介绍角色的幕后故事，而不必由角色来亲自讲述。此外，还可以用它们来叙述来自不同时期的多个故事。

雷克斯·斯托特的"尼禄·沃尔夫系列侦探小说"（Nero Wolfe detective stories）就经常使用闪回手法配合其线性叙事框架。每一章通常都以第一人称叙述者、助理侦探阿奇·古德温开场，由他来设定场景、日期和时间。比如，阿奇可能会说"现在是周五中午"，然后再加几句他们对调查中案件的总体评估。在说明他们接手这个案子的三天里没什么进展后，阿奇会谈一下他们的调查重点，然后将时间拉回到现在。在阿奇近似于聊天的叙述中进行时间转换，让人感觉十分自然。

朱诺·迪亚斯的移民小说《奥斯卡·沃精彩小传》（The Brief Wondrous Life of Oscar Wao）曾获普利策奖，作者也使用闪回手法（也包括视角和视域的转换）讲述了两个互相交织的故事。其中一条故事线讲述了一个肥胖的多米尼加男孩奥斯卡·德·里昂的故事，他努力担起家庭责任且勤奋好学，却屡屡受挫；另一条故事线则讲述了一个长久以来困扰着他家族的诅咒。在主题上，小说叙述了移民的文化身份淡化带来的改变。一直到小说结尾，故事才透露出那个全知叙述者就是奥斯卡的大学室友——尤尼尔·德·拉斯·卡萨斯。迪亚斯将线性叙事、闪回和视域转换结合在一起，组成了一种复杂的叙事结构，并告诉我们：结构可以是不拘一格的。

不过，闪回也有坏处。如果只是想借用它来倾泻信息，那势必造成

---

① 闪回（flashback）：也可译为倒叙，是逆时间顺序的一种叙述结构。闪回原指一种电影表现手法，用短暂的几个镜头交代过去发生的事件或人物的心理状态。但闪回与倒叙的一大区别，是闪回对过去的叙述持续时间非常短暂，可以看作整体叙事中的一个插曲，而非叙事结构本身。——译者注

② 闪进（flash-forward）：闪进与闪回相对应，也是一种电影表现手法，意指用短暂的几个镜头交代将来发生的事件。与闪回一样，其叙述持续时间非常短暂。——译者注

幕后故事的过度阐释或信息的过量曝光,其最终结果都是一样的:读者失去阅读的兴趣。即使闪回的内容与呈现都很精彩,仍会让读者分心;在读者正渐入佳境时,突然出现一个闪回,他们的注意力就会被打断。添加闪回的最佳方法是:将当前场景的结尾与闪回的开头连接起来。

例如,在案例♯1中,我可以这样写:"一种久已遗忘但足以使人麻痹的恐惧感袭上心头,凯拉瞬间变得浑身冰凉。十岁那年,一个叫莫里斯的男孩在她学校里开枪杀人,而凯拉当时还自认是那个男孩的朋友。那件事之后,她就再也没有听到过这种自动手枪重新上膛的咔嗒声了。"在下一章的开头,凯拉蜷缩在五年级教室的角落里,老师低声说着"一切都会好起来的,没事的,现在安静点,嘘"。如果处理得当,闪回可以增强读者对角色的兴趣,因为他们可以借此了解角色在不同时期的生活,与角色产生深层次的共鸣。

通过揭示即将到来的厄运,闪进也能加强悬念。在《布罗迪小姐的青春》(本章前面讨论过)中,读者获悉厄运即将降临在布罗迪小姐身上,但她本人并不知道。闪进也可用来解释角色的行为。例如,查尔斯·狄更斯在他1843年的中篇小说《圣诞颂歌》(*A Christmas Carol*)中就使用了闪进的手法,用来解释斯克鲁奇从吝啬小气到慷慨善良的转变。来自未来的圣诞鬼魂去拜访了斯克鲁奇,并让他看到了一个"可怜之人"的死亡场景。当斯克鲁奇得知这个令人厌恶的灵魂就是他自己的时候,他因震惊而慌了神,在自己破败不堪的坟墓前哭泣。一梦醒来,时间拉回到现在,他痛改前非,像变了个人。

注意,不能过度使用这两种叙事手法,因为它们会破坏叙事流,如果不是为特定目的少量使用,反而会让叙事变得不太流畅。

当然,只要能与主题及其他我们讨论过的因素结合起来,你可以任意选择叙事结构、视角或视域。永远不要认为只有一种可行的结构,有效的方法数不胜数。要知道,结构并非不可修改,不要犹豫,选择你心仪的结构自信地写作吧。

挑选结构

因为不存在放之四海而皆准的结构，所以你需要基于故事的关键元素、主题或统一性原则以及自己的偏好进行挑选。以引言中出现的案例为示范，表2.1展示了如何挑选结构。大家应该还记得，案例♯1是一部家庭惊险小说，案例♯2是一部回忆录。在阅读表2.1时，请留意其中列出的问题是如何帮助你挑选结构的。

表2.1　先思考清楚，再挑选结构		
	案例♯1：家庭惊险小说	案例♯2：回忆录
这是谁的故事？	凯拉，一位办公室经理，最近离了婚并失去了对两个孩子的监护权。	艾尔，初中数学老师。
主题是什么？	小心你信任的人。	不自助者也无法助人。
故事发生的时间跨度？	三天。	一年。
叙事问题是什么？	凯拉能从针对她的邪恶阴谋中拯救自己吗？	艾尔是否能够继续满足他所爱之人的需求：身为银行家的妻子玛丽，律师职位退休的父亲汉密尔顿，位居软件公司高管的姐姐凯西，以及叛逆的儿子斯图尔特？
可供选择的结构	线性或非线性结构，单一或多点视域，用或不用书立式叙事、分类及闪回（或闪进）。	线性或非线性结构，单一或多点视域，用或不用书立式叙事、分类及闪回（或闪进）。

做出选择之前，你需要思考每种结构带来的影响。如果在惊险小说中选择线性结构，以吊人胃口的事件开头是个很好的选择，比如在案例♯1中，可以从凯拉弄丢钱包开始。你如果还想加上书立式叙事，那就要考虑增添一些对凯拉有意义的东西，并且要与信任这一主题相关。比如将背叛与信任并置：开头时她信任之人带给她失望，结尾处她不信任之人却给予她惊喜。

你如果选择多视域转换结构，可以让反派先叙述，谈谈他的盗窃计划，然后切换到杂货店中的凯拉。或者也可以从身处杂货店的凯拉开始，然后切换到反派，当然也可以是人群中的某人：看着凯拉冲进停车场去追正在逃跑的小偷——想拿回被小偷像夹足球一样夹在腋下的钱包。尽管只是刚开篇，这短短几句就足以形成情节了。

常见问题解答

问：我在写一部青少年奇幻小说，应该使用什么结构？

答：你可以使用本章中讨论的任何结构。但在选择之前，你应该先完成第一章及第二章中的练习（见表2.2）。这两个练习将有助于确保你考虑到所有可能影响你决定的因素。例如，你的故事本质上是一部发生在虚幻世界的惊险小说吗？或是爱情小说？还是纯文学小说？让对读者的了解和故事的核心元素来指引你的决定。

作为回忆录的第二个案例也拥有同样多的结构选项。回忆录的定义几乎决定了它们大多会采用单一视域的线性结构。这是自然而然的选择，也很合适。然而，是否还有其他可行的结构也值得考虑。如表2.1中所展示的分析，艾尔所感受到的压力来自他为满足家人的需求而付出的努力。其中的故事很多，不只是关于艾尔的。这不是刚好为使用视域转换结构提供了条件吗？可以让艾尔猜测其他人的想法和感受，或询问他们对各种情况的看法，然后从他们的视域角度将相关内容融入故事。

结构真的至关重要。它为故事提供组织框架，能让你高效且自信地写作。在了解了读者的期望并挑选好结构之后，你已经为设计情节做好准备了。

表 2.2　想想你该用什么结构
完成这部分的回答后，一定要记住：你即使已经开始认真地编织情节，一旦发现你选择的结构起不到应有的作用，也可以随时更改。设计这些问题的目的是引导你进行思考，而不是将你束缚在某一个选项上。 ● 这是谁的故事？ ● 主题是什么？ ● 故事发生的时间跨度？ ● 叙事问题是什么？ ● 可供选择的结构：

第三章　简的《情节设计路线图》

> 角色是事件的决定因素,事件是对角色的阐释。
>
> ——亨利·詹姆斯

我会在一个详细的故事梗概①基础上进行写作，我鼓励你也这样做——或者至少尝试一下。一些人可能认为这种方法有点老套。但对我来说，它能激发创造力，令我自由穿梭于互相冲突又令人困惑的多种选择之中，正如指南针引导水手在大海上航行一般。离开写作框架的组织功能，创意可能会溜走，混乱却会不断膨胀。我把故事梗概做成了正式的书面文件，但你也可以把它做成索引卡，或像少数几个天才一样，仅仅把它记在脑中就可以有效地写作。但不管是哪种方式，你都需要先梳理故事。

有一次我没用故事梗概就开始写作，最后却不得不重写整部书稿。不是稍加修补，而是重新构思，从头至尾地大修大改。在第一版中，我偏离了主线，写下许多自己觉得有趣的内容，但它们只纠缠于无关的细节且失去了对情节点的追踪，因而整个故事的进展陷入停滞。真是一团糟！当圣马丁牛头怪出版社的编辑向我描述这些问题时，我永远无法忘记自己当时有多么紧张。（顺便说一下，也是她使我明白自己的作品其实是舒逸推理小说。）基于以上问题，她非常担心我无法挽救这部小说，她觉得没人能够做到。在带我去吃午饭时，她委婉地说出了她的意见。我向她保证会尽快改好，并且我也做到了。但那是我迫不得已，因为如果打乱了她们的出版周期，后面的情况只会变得更糟。

在这本书最终被出版社接受后，我静下心来进行了深刻反思。我需要分析一下自己是如何偏离轨道如此之远的。我很享受当时写书的过程。角色在故事中自由驰骋，也让我着了迷。我当时对这部作品很有信心。我自问道：哪里出错了？没过多久，我就意识到了问题所在——我很容易

---

① 故事梗概（synopsis）：故事梗概通常比故事大纲要简单一些，包含故事创意、重大事件、焦点人物、故事基本模式等信息。——译者注

第三章 简的《情节设计路线图》

常见问题解答

问：怎么知道你得到的反馈是否切中要害？每个人都有权发表自己的意见，但这并不意味着每个意见都是正确的。

答：在写作的预出版阶段，作为一名作家，将反馈信息中的精华与糟粕区分开来是最困难的工作之一。你虽然可能会收到一些没有帮助的反馈，但通过贬低建设性批评的价值而略过这一过程是不明智的。正如比尔·盖茨所说，"我们都需要能给我们反馈的人，这样我们才能进步"。有一种技巧可能对你有用，那就是不仅要问对方需要修改哪些地方，还要问问为什么。这个问题有助于区分深思熟虑的意见和直觉反应。（并不是说直觉反应都不值得信任，而是说它们通常只是以个人情感为基础，不一定能代表广大受众的反应。）但经纪人与专业编辑的意见又有所不同。他们了解读者的需求，且他们只以帮助你的作品获得市场成功为目标。通常，我都会采纳经纪人与编辑的意见，修改后的作品也总是变得更好。

迷失在自己的故事里，追随任何我当时感兴趣的内容而去，却忘了从宏观上规划情节。为避免再次迷失方向，我需要一幅情节设计地图。

我的目标是降低风险并提高效率。我不想靠运气，我想依靠自己。在我看来，能将你带往成功的三驾马车中，天赋未必生而有之，机会未必如期而至，只有自律必是自己可以掌控的。我不喜欢不确定，我想要一个十足可靠的写作体系。经过一年的不断试错与完善，我制作完成了简的《情节设计路线图》，借助这一利器，我又完成了八部小说和三个短篇故事，都在圣马丁牛头怪出版社或《阿尔弗雷德·希区柯克悬疑杂志》上出版或发表了。这也证明了这一写作体系的有效性。此外，简的《情节设计路线图》（见表3.1）还能让你的写作更加游刃有余。

简的《情节设计路线图》包含这些主要元素：主线、副线和"转折、逆转和高危时刻"。主线从底部向上走，代表主要情节将遵循的路径。副线1和副线2位于主线的两侧，代表两个次要情节遵循的路径（次要情节将在第五章中讨论）。

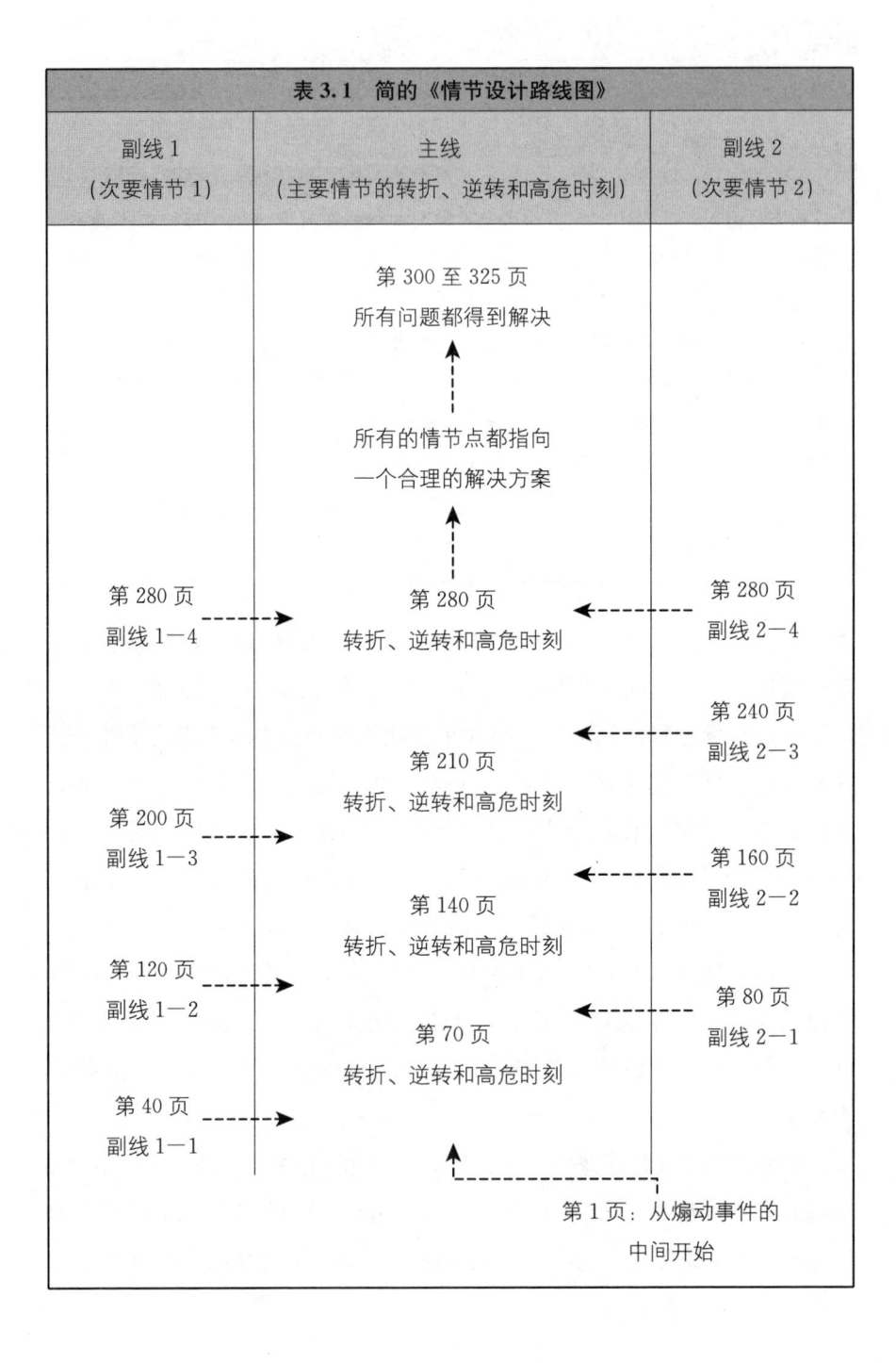

表 3.1 简的《情节设计路线图》

副线 1 (次要情节 1)	主线 (主要情节的转折、逆转和高危时刻)	副线 2 (次要情节 2)
	第 300 至 325 页 所有问题都得到解决 ↑ 所有的情节点都指向 一个合理的解决方案 ↑	
第 280 页 副线 1—4 ---→	第 280 页 转折、逆转和高危时刻	←--- 第 280 页 副线 2—4
		←--- 第 240 页 副线 2—3
	第 210 页 转折、逆转和高危时刻	
第 200 页 副线 1—3 ---→		←--- 第 160 页 副线 2—2
	第 140 页 转折、逆转和高危时刻	
第 120 页 副线 1—2 ---→		←--- 第 80 页 副线 2—1
	第 70 页 转折、逆转和高危时刻	
第 40 页 副线 1—1 ---→	↑ 第 1 页：从煽动事件的 中间开始	

转折、逆转和高危时刻是讲好故事的关键。在大多数 300 到 325 页的书中（提交时的格式为 Times New Roman 字体，12 号字，双倍行距，正常页边距，不使用右对齐，段落之间没有额外空行），应该规划 4 个转折、逆转和高危时刻，每 70 到 90 页出现一次。在表 3.1 中，它们被放置在主线的第 70、140、210 和 280 页。除转折、逆转和高危时刻外，大约每 40 页需要插入一个与次要情节（在两个次要情节之间交替）相关的场景。

按照这种节奏写到最后，这三条情节线就会交织在一起，形成一个天衣无缝、令人满意的结局。

简的《情节设计路线图》可以保证故事的层次感及清晰叙事。也许大多数读者不会意识到你所创造的结构性律动；但故事节奏合理、趣味十足，是读者能感受到的，他们会对故事深深着迷。

寻找创意

即使不了解整个故事的所有细节，或者只有关于故事的一个闪念，简的《情节设计路线图》也能让你写出令人着迷的情节。当我开始构思乔西的悬疑故事时，我会先想好开头和结尾。此外，我会时刻记着主题、角色，以及其他能够制造复杂情节的元素。表 3.2 展示了这些元素如何被有效运用于各类小说之中，包括一部历史爱情小说、一部纯文学小说[1]、一部少年推理小说、一篇回忆录、我的乔西系列故事中的一部和两个案例。

如果你对作品的分析还不如表 3.2 所示的那样清晰，请不要烦恼。只要使用简的《情节设计路线图》，你也能够做到。因为你是以拟定好的时间点与距离编织主线的，因此故事将得以合理推进。你不需要提前做好故事的整个规划，只要拟定下一个转折、逆转和高危时刻的时机即可。就像中国的一句古话所说，"千里之行，始于足下"。简的《情节设计路线图》将给予你走上正确道路的信心，助你开启写作旅程。

---

[1] 纯文学小说（literary novel/fiction）：纯文学小说通常与通俗小说相对，它们之间的不同点很多，但可以将纯文学小说简单地理解为它更关注小说的文学性和人文关怀，而通俗小说更加追求叙述的大众化与通俗性。——译者注

表 3.2　元素的运用

书名/作者：乔吉特·海尔的《弗雷德里卡》(*Frederica*)

体裁：历史爱情小说

主角：二十四岁的弗雷德里卡是一家之主，她决心让自己美丽的妹妹查莉丝进入伦敦的社交圈。

开篇：阿尔弗斯托克侯爵不愿意为他的侄女进入伦敦社交圈而举办一场盛大的舞会。

叙事问题：不为自己未来着想的弗雷德里卡能找到幸福吗？

结尾：弗雷德里卡承认，她为妹妹查莉丝设计的生活，并不是查莉丝自己想要的。弗雷德里卡接受了阿尔弗斯托克侯爵的求婚。

主题：不刻意寻找的爱情反而会不期而至。

总体结构：线性结构

节奏：缓慢

书名/作者：欧文·肖的《夜工》(*Nightwork*)

体裁：纯文学小说

主角：道格拉斯·格里姆斯，一个运气不佳的前飞行员，偷走了一大笔钱，想靠赌博赢得未来。

开篇：某无名人氏在一间破旧的纽约旅馆前台值夜班时，思考着明天该赌哪匹马。他对未来不抱希望。视力变差害他丢掉了飞行员的工作，还让他成了一个赌徒。

叙事问题：害羞、不爱抛头露面的主角在失去梦想后会找到幸福吗？

结尾：主角洗心革面，准备以新的身份好好生活。

主题：改过自新，为时不晚。

总体结构：非线性结构

节奏：适中

书名/作者：西沃恩·多德的《伦敦眼之谜》(*The London Eye Mystery*)

体裁：少年推理小说

主角：泰德是一个自闭症患者（书中未直接提及），但他决心做一个正常的孩子。

开篇：泰德的思维方式与常人不同，十二岁的他与十五岁的姐姐一起等待他们十三岁的表兄（弟）萨利姆从伦敦一个巨大的摩天轮——伦敦眼——上下来。他登上伦敦眼之后就没见下来。

叙事问题：能找到萨利姆吗？在调查中，泰德能帮上忙吗？

结尾：泰德解开谜团之后向萨利姆告别，他准备与母亲一起前往纽约。为学习更好地与人沟通，泰德人生中第一次向姐姐撒了个小谎。

主题：与常人不同的思维方式未必是错误的。

总体结构：线性结构

节奏：适中

书名/作者：丹尼尔·阿萨·罗斯的《拉里的肾》(Larry's Kidney)

体裁：回忆录

主角：一个心灰意冷的中年作家丹。

开篇：在社会上胡混且久未联络的堂兄拉里给丹打电话，请丹陪他去异国寻找急需的肾脏进行器官移植。

叙事问题：拉里会得到新肾脏吗？他们俩会被捕吗？丹和拉里会和解吗？

结尾：丹独自去的异国，也是独自回的家。拉里得到了肾，但仍然像以前一样无可救药。

主题：与死亡抗争；对自己的健康负责；家庭第一。

总体结构：书立式叙事配合线性结构

节奏：缓慢

书名/作者：简·K. 克莱兰的"乔西·普雷斯科特古董悬疑"系列之《死亡饰品》(Ornaments of Death: Josie Prescott Antiques Mystery)

体裁：传统（舒逸）推理小说

主角：乔西是一位古董鉴定者，也是一位精明的商人，她利用自己的古董知识破案。

开篇：乔西的两名雇员格雷琴和埃里克，带乔西参观了她自己公司的拍卖场地。他们把这里变成了公司年度假日聚会的冬季乐园。

叙事问题：凶手会被抓住吗？乔西新组建的家庭能达到她的期望吗？

结尾：圣诞节那天，乔西和男朋友泰坐在她舒适的客厅里卿卿我我。

主题：秩序从混乱中恢复；凶手总是会受到惩罚。

总体结构：书立式叙事配合线性结构

节奏：适中

书名/作者：案例♯1
体裁：家庭惊险小说
主角：凯拉是一位业务经理，刚刚离婚并失去了对两个孩子的监护权，她只想要平静的生活。
开篇：在郊区的杂货店里，凯拉伸手去拿一盒麦片。当她转身再去推购物车时，她发现自己的钱包不见了。
叙事问题：凯拉能躲过神秘袭击并生存下来吗？她还能找回自己的力量吗？
结尾：凯拉最后一次关上大门，准备开始她的新生活。
主题：小心你信任的人。
总体结构：视角转换结构
节奏：快速

书名/作者：案例♯2
体裁：回忆录
主角：艾尔，一个初中数学老师，被琐事缠身，丧失了目标。他的妻子玛丽是位银行家，没什么耐心；他的父亲汉密尔顿是一名失意的退休律师；他的妹妹凯西不见了；还有他十几岁的儿子斯图尔特，十分叛逆又喜欢惹是生非。
开篇：艾尔坐在家中的办公室里，刚给妹妹发了短信，正等着她的回复。他们的爸爸再一次拒绝下床。警察打来电话，告知艾尔他十几岁的儿子斯图尔特再次被捕。
叙事问题：艾尔会失去他所珍视的一切吗？
结尾：艾尔坐在家中的办公室里，读着妹妹发来的短信，说爸爸做得和预期的一样好；然后，他关掉智能手机，露出了微笑。
主题：不自助者也无法助人。
总体结构：书立式叙事配合线性结构
节奏：适中

选择你的转折、逆转和高危时刻

让我们为这几个术语下个定义。

- 转折（twists，T）：出乎读者意料的情节。
- 逆转（reversal，R）：与读者期望相反的情节。
- 高危时刻（danger，D）：高度危险的时刻，可以是身体上的（例如，某人挥舞着刀）；也可以是情感上的（例如，你看着爱人的眼睛，心都快碎了）。

当你纠结要使用以上三个选项中的哪一个时，记住：最好混合使用。除非你的作品特别短，否则，你需要使用不止一个转折、逆转和高危时刻（TRD）。例如，在你之前读到的迷你回忆录中，就是那个关于妈妈被研究生院录取的故事里，我就加入了一个逆转以制造悬念。当说到家庭紧急事件时，你以为"我"要面对的是坏消息，但"我"得到的却是好消息："我"妈妈被研究生院录取了。"我"如果走进妈妈家的客厅，发现有个表亲需要我的帮助，那就是一个转折——一项从主线偏离的事件。"我"如果回到家，发现有个暴徒拿枪指着妈妈的头，那就是高危时刻了。

请注意，只要将TRD加入写作计划书中，一定可以按你认为最好的速度推进故事发展。仅须一次加入一个TRD，你必可以编织出错综复杂的情节，并在曲折情节带来的喜悦中到达故事的终点。

确定合适的节奏

结构选择是讲好故事的关键，确定故事推进的速度也就是节奏同样重要，且确定节奏应先于情节的铺设。了解作品所属体裁的惯例将帮助你做出恰当决定。一般来说，节奏可分为缓慢、适中和快速三种。

- 缓慢：修改简的《情节设计路线图》，使TRD每90到110页出现一次。
- 适中：与简的《情节设计路线图》保持一致。
- 快速：修改简的《情节设计路线图》，使TRD每30到50页出现一次，甚至可以更频繁。

一旦确定了合适的节奏，你就可以轻松地调整速度，读者体验如何也将尽在你掌握之中。如果想让读者有一种更闲适的阅读体验，那就降低 TRD 的频率；如果想让读者体验紧张刺激，那就提高 TRD 的频率。人们很容易认为快速节奏总是最理想的选择，但事实并非如此。因为不同体裁有不同的节奏要求，所以你需要了解什么节奏适合你作品的体裁，这样才能做出明智的决定。有些体裁的节奏相当缓慢，另一些体裁的节奏则快到不让读者有喘息之机。然而，大多数故事还是采用适中节奏。坚持分析作品所属体裁中的成功案例，模仿它们的节奏即可。

我的一个学生贾斯汀·奥唐纳，就是这么做的。贾斯汀正在写一部叫《最后的撒克逊人》(*The Last Saxon*)的小说。"那是 1066 年，"他介绍自己的故事道，"英格兰国王去世后，一个年轻的撒克逊人发现自己卷入了一场可能永远改变英格兰的战争，这让他踏上了一段为了生存、复仇、赎罪、爱和救赎的旅程——为了他自己和他称之为家的土地。"贾斯汀和我选择了两本书作为他故事的范本，分别是伯纳德·康威尔的《阿金库尔》(*Agincourt*)和丹·布朗的《达·芬奇密码》(*The Da Vinci Code*)。贾斯汀对两者的分析详见表 3.3。

表 3.3 范本的 TRD 分析

让英国人称臣?	
我拿起伯纳德·康威尔的《阿金库尔》，一口气读了 430 页，它讲述的是来自英国的自由民弓箭手尼古拉斯·胡克的故事。每个情节关键点上都设置了 TRD。我把它们按时间顺序列了出来（"T"代表转折，"R"代表逆转，"D"代表高危时刻）。	
第 8 页，D	胡克试图通过谋杀对手来解决家族仇恨。他失败了。他的主人发现后，派他去南方参战。
第 27 页，R	胡克救了一个被牧师（马丁爵士）强奸的女人。他把牧师打了一顿，结果被判死刑。之后，他在一名中士的帮助下脱身，但成了逃犯。
第 61 页，D	苏瓦松之战开始（围城）。
第 80 页，R	苏瓦松遭遇了内部的背叛和洗劫。胡克救了一名修女，并杀死了他的前指挥官，因为指挥官是叛徒。

… 第三章 简的《情节设计路线图》

第 102 页，R	胡克遇到了英国国王亨利五世。亨利赦免了胡克的一切罪行，并让他与英国最伟大的勇士约翰爵士一起服役。
第 120 页，D	马丁爵士和他的人在伦敦遇到胡克，差点杀了他；约翰爵士及时相助，救了胡克。
第 140 页，T	梅丽珊卓告诉了胡克谁是她的父亲（兰弗雷尔勋爵——他当时在苏瓦松看着英国人被拷打）。她说，她父亲强奸了她之后把她送进了修道院，以此来忏悔自己的罪行。她是他的私生子（女）之一。
第 168 页，D	英国入侵法国并围攻哈夫勒尔城。一场遭遇战。
第 174 页，R	兰弗雷尔勋爵抓住了胡克和一些正在寻找食物的弓箭手；他杀了一些人，然后砍掉胡克的小手指，并发誓会在稍后的战争中杀死他。
第 180 页，T	胡克被约翰爵士提拔为中士。
第 201 页，D	英国人试图在被围困之城的墙下挖地道；法国人将计就计，伏击了英国人。
第 203 页，T	佩里尔兄弟（与胡克家有家族恩怨）试图在地道内的混乱中杀死胡克。
第 209 页，D	地道坍塌；胡克杀死了佩里尔兄弟中的一个。
第 210 页，D	英国人营地内暴发痢疾。
第 218 页，D	法国人突围。
第 240 页，D	英国人反攻并攻占部分城市；法国人拒绝投降。英国军队已经虚弱不堪、减员严重，坚持不了多久了。
第 250 页，R	法国士兵突然投降。
第 267 页，T	交换战俘。英国人见到了法国元帅。两国的战俘互换既人道且友好。
第 273 页，R	援军到达哈夫勒尔；胡克的弟弟随军一起到来！
第 275 页，R	既然战役已经结束，受到重创的英国军队希望返回英国，但亨利国王改变了主意，又命令他们进入法国的心脏地带。
第 283 页，T	胡克和梅丽珊卓在教堂结婚；英国人得知勃艮第人背叛了他们，加入了法国。

第 295 页，D	一个信使告诉英国军队，发现大规模法国军队踪迹。法国人可能在任何时候发起攻击。
第 300 页，R	因为有人偷了当地牧师的东西，亨利国王叫停了军队。亨利国王下令绞死罪犯；罪犯就是胡克的弟弟，他是被马丁爵士和佩里尔兄弟陷害的！胡克的弟弟身亡。
第 312 页，D	英国人偶然发现了一处军队践踏过的场地，这表明法国军队离得很近。两军之间展开了一场猫捉老鼠的游戏。
第 314 页，R	就在英国人准备逃离法国的时候，他们无意间发现整支法国军队挡住了他们前往海滩的路。
第 351 页，D	在战争即将打响之际，亨利五世发表了著名的圣克里斯宾节①演讲。
第 358 页，D	阿金库尔战役打响。
第 371 页，D	马丁爵士在战斗中堵住了梅丽珊卓，打算强奸她。
第 376 页，D	英国弓箭手在与法国军队的对阵中用光了弓箭。
第 394 页，D	英国重型骑兵击退了法国人的进攻；法军转而攻击缺乏武装的弓箭手。
第 396 页，R	法国士兵的钢靴因陷在泥里而变得行动缓慢；英国弓箭手身手敏捷，开始屠杀全副武装的法国人。
第 401 页，R	就在梅丽珊卓即将被强奸时，她用十字弓杀死了马丁爵士。
第 410 页，D	胡克对决兰弗雷尔勋爵；约翰爵士打断了他们的争执，然后这两位伟大的勇士决定为各自的国家而决斗。
第 416 页，T	胡克在约翰爵士被兰弗雷尔勋爵杀死之前救了他。
第 423 页，R	英国人俘虏了很多法国人，但是他们的看守人员不足。亨利国王下令在法军再次进攻前处死所有囚犯。
第 429 页，T	胡克听任兰弗雷尔勋爵杀死汤姆·佩里尔并逃跑。

---

① 圣克里斯宾节（St. Crispin's Day）：这个节日是为了纪念一对公元 3 世纪的殉道圣人而命名的，时间为每年的 10 月 25 日。历史上，多次重大战役在这一天爆发。——译者注

第 430 页，R	英国人以五比一获胜。
尾声	胡克①和梅丽珊卓回到英国，开始他们的生活。

节奏：这显然是一本现代派的书。难怪大多数人认为伯纳德·康威尔是当今世界上最好的历史小说作家，兴奋点每 10 页或 20 页就会出现一次。我想不出有什么可以删减的。我拿起这本书时没有太多期待，但现在我相信，它是我读过的最好的历史小说之一。

破解密码

丹·布朗的《达·芬奇密码》从一开篇就吸引了我。快速推进的节奏、引人入胜的情节、即将结束的时限——所有这些都使这本书读起来扣人心弦。由于书中的 TRD 太多，让我把每一个都挑出来实在是过于困难了。因此，为更好地分析它们如何创造出这样令人兴奋的节奏，我归纳了一个关于主要情节特征的大纲。

本书使用多视域叙事来营造悬念。故事始于巴黎一名博物馆馆长被谋杀，他的死引发了一系列事件，涉及一名白化病僧侣、一名教授、一名警察局长和一名密码学家。白化病僧侣被树立为其中的反派，他为一个罗马天主教会的神秘派系做事，任务是获得圣杯。馆长在死亡之前为书中的主角罗伯特·兰登和索菲·奈芙留下了一系列线索。索菲警告罗伯特，警察正试图将他牵连到谋杀案中，所以他们逃出了博物馆，在故事的剩余部分中成为逃犯。两人根据馆长留下的线索，与时间赛跑，拼命想破解他留下的各种密码。

在故事中，角色揭示了馆长被谋杀的真相，以及他在郁山隐修会的隐秘人生。他们发现自己陷入了一个巨大的阴谋，涉及教会中强大且邪恶的力量，远不是他们能够对付的。罗伯特和索菲从瑞士银行偷了一个密码筒（丹·布朗创造的一个词）后，他们逃到了提彬爵士的庄园。在那里，索菲了解到圣杯的真正含义：耶稣娶了抹大拉的玛利亚②，而教会为了巩固自己的权力和建立权威的等级制度，故意毁坏了诺斯替教③的手稿。

---

① 原文说汤姆（Tom）与梅丽珊卓回到英国，基于对原著的阅读，应是胡克与梅丽珊卓一起回到英国。这里可能是作者的无心之失。——译者注

② 抹大拉的玛利亚（Mary Magdalene）：一个宗教人物，一直以一个被耶稣拯救的形象出现在基督教的传说里。——译者注

③ 诺斯替教（Gnostic）：基督教的异端派别，是对罗马帝国时期在地中海东部沿岸各地流行的许多神秘主义教派的统称。也有译名称"灵智派""神知派"。——译者注

> 剧透警告——在高潮部分，罗伯特聪明地打败了提彬，拯救了索菲和他自己，守护了圣杯的秘密。罗伯特和索菲被警察证明无罪，得以继续保守他们的秘密。
>
> 这本书的优秀体现在其纯粹性和简洁性。布朗把章节写得很短，形成了一种扣人心弦的节奏。他还在故事的前期就设置了倒计时，几乎每一页都为读者呈现 TRD。这也使故事免于沦为一部怪异的阴谋小说。
>
> 在我自己的小说章节长度上，我也参考了他的做法。我首先对每个场景以及需要完成的内容进行思考，然后努力找到一种最有趣、最简单、最令人兴奋的章节长度。由于历史小说给人的感觉有点像学校的讲座，因此必须谨慎地保持章节长度的平衡。我认为，布朗的成功强调了这种平衡的重要性，也提醒了所有为当代惊险小说读者写作的作家。你如果也想保持这样的节奏，那就需要设置很多 TRD。

常见问题解答

> **问**：我有一部小说，叙述一对跨种族夫妇遭遇到一场暴乱后所发生的故事。我很了解这对角色，知道他们的过去以及对未来的期望。我的主题也很清晰：无知不是福。问题是，我不知道暴乱之后角色应该怎样发展。现在该怎么办呢？
>
> **答**：既然角色和事件是紧密交织在一起的，那么使用 TRD 这一工具，就足以填平你作品中的缺口。如果整本书的情节规划工作陷入停滞，那就先别想了，用写作来代替思考。你只需思考下一个 TRD。这种有条不紊、逐渐推进的方式应该可以帮助你确定故事接下来的发展。正如马丁·路德·金博士所说："你无须看到阶梯全貌，只需要迈出第一步。"而第一步就是确定你的叙事问题：故事是关于什么的？是关于暴动的吗？或者，暴动只是一种揭示角色的工具或背景设定？又或者，角色的重要特征由他们自己揭示？如果你能回答叙事问题，余下的就交给简的《情节设计路线图》，在主线上尽情驰骋吧。

虽然现在的我在写作之前就已经规划好了整个故事，但我每次只写到下一个 TRD 就暂时停下来。我发现，当从一个情节点写到另一个情节点时，与没有过渡性目标相比，我的写作更专注、更有效率。使用简的《情节设计路线图》的第二个好处是它能提供信心。例如，如果你对写一整本书感到害怕或不知所措，那这个工具就是上天赐给你的礼物。不要想着写 300 页，你所需要做的就是写 5 页、40 页或 70 页，这是一个不那么令人畏惧的任务。此外，你会注意到这一策略不仅能帮助你编织情节；它还能从一开始就将悬念融入情节之中，悬念越是内在化，角色和事件的结合就越和谐。你应该还记得，我将自己的惊险小说设定为快速节奏，将回忆录设定为适中节奏（见表 3.2）。表 3.4 展示了我是如何在惊险小说中开篇，如何在回忆录中组织情节，如何从一个 TRD 写到下一个的。

表 3.4　保持适当的节奏	
案例♯1：家庭惊险小说	
大约第 5 页	凯拉跑出商店去接警察时，意识到自己的车被偷了。
大约第 10 页	看着凯拉在杂货店停车场的另一边陷入崩溃时，小偷嘿嘿笑了。在凯拉和警察回到店里时，窃贼将凯拉的车换上新车牌，开车离去。
大约第 15 页	警察开车送凯拉回家，并对她的房间进行了一次检查，以确定房里没人。警察走后，凯拉锁上所有门窗，然后拿起电话，想给在她家附近唯一的家人，也就是那个不招人喜欢的姐姐打电话。这时，她听到自己手机独特的铃声在房中的某个地方响起——这手机本来是放在被偷走的钱包里的。
大约第 20 页	凯拉从邻居家里给警察打电话。当警察到达时，凯拉十分害怕地跟着他们走进她的房子。警察拨打了她的手机，听声音是在前厅的壁橱里。令人费解的是，最后发现它在地板上。
大约第 25 页	凯拉的前夫对他们十岁的女儿说，他很抱歉她不能见妈妈，因为她妈妈是个坏女人。
大约第 30 页	警察等着凯拉收拾东西，然后开车送她去姐姐家。凯拉找到了那块她姐姐一直放备用钥匙的假石头，打开门后却发现房间里空无一物。
案例♯2：回忆录	
大约第 70 页	艾尔的妻子宣布，如果他不能"像个男人一样"处理好他父亲和他们儿子的问题，她就会离开。

大约第 140 页	艾尔辞职了。
大约第 210 页	艾尔与自己内心的魔鬼作斗争——他成了一个失去控制的赌徒。
大约第 280 页	艾尔在社区大学找到了一份更好的新工作，他的妻子同意再给他们的婚姻一次机会。
大约第 300 页	结尾。

现在，为你的故事规划所需的 TRD 吧。到此阶段，你已经十分了解自己的故事，也确定了适合故事的节奏。使用表 3.5 来第一次勾勒你的 TRD 吧，规划内容可按需添加。

表 3.5　第一次规划 TRD

大约出现在第_____页。
大约出现在第_____页。
大约出现在第_____页。
大约出现在第_____页。
大约出现在第_____页。
大约出现在第_____页。
大约出现在第_____页。

这个练习对你有用吗？你能够设定符合逻辑的 TRD 吗？一般来说，你思考的时间越长，你的写作就会越好，所以完成练习表 3.5 的时间比预期长一些也没关系。我写梗概的时间总是长于写书的时间。

在开启写作旅程时，目前为止我们讨论过的工具、策略和方法都有助于你进行更专注的思考。然而，在深入之前，不要忘记背景设定的重要性，它是第四章的主题。

第四章 布置舞台

每个故事都应有独特的背景设定。

——约翰·塞纳

在角色驱动或事件驱动之间做出选择

制造悬念最常见的方法就是让读者感受到角色的焦虑。关注一个"知道厄运即将降临在自己身上"的角色是令人欲罢不能的，尤其是在角色还不知道地点、时间和内容等细节的情况下。这种期待就是制造悬念的撒手锏。假设有这样一个场景：有人在追你、跟踪你，或者威胁你。当你跌跌撞撞地走向一个你认为是安全的地方时，你会忍不住不断回头看。那种不祥的预感紧紧跟随着你。而恰当的背景设定有助于营造这种可怕的悬念：设想一下，天黑后，你在一个荒芜的墓地中被人追逐，雾气在墓碑周围萦绕不散。

唐纳德·贝恩与他的妻子蕾妮·佩利·贝恩以及小说作家杰西卡·弗莱彻合作，在 2014 年的《蓝色血液之死》（*Death of a Blue Blood*）中就使用了背景设定强化悬念的技巧，这部小说是《今日美国》畅销书《女作家与谋杀案》（*Murder, She Wrote*）推理小说系列的第 42 部作品。在这个故事中，有人发现一个女仆在花园里被杀害了，而杰西卡（主角）发觉在英国乡村深处那座风景如画的哥特式城堡的庭院中只有自己独自一人，这时她听到树枝折断的声音，接着是莫名其妙的树叶沙沙作响声。杰西卡意识到有人在那里，正偷偷地向她走来。这些描写让读者也仿佛置身花园之中，与他们关心的主角在一起，分享着角色的紧张时刻。

这种构建悬念的策略既可靠又易读。然而，如要采用这种方法，你需要确保事件源自角色的个性特征或情境；否则，有使场景显得陈腐老套的危险。杰西卡出现在那个花园中是合理的，由于成为一名畅销书作家带给她的声望，她的英国出版商向她发出邀请，所以她才参与了那次贵族聚会。杰西卡的幕后故事可以确保她合理地出现在庄园里，而没有捏造的痕迹。

这种合理性不仅仅适用于陌生的或戏剧性的情景。背景设定还必须包含角色可能去的任何地方。假设有一个角色，在第一章里说她患有抑郁症，她唯一的慰藉就是徒步旅行。100 页之后，一个心胸狭窄、貌似无所不知的堂兄告诉她要振作起来。在她想要退回到自己的世界时，因为前面提起过她经常徒步旅行，她才能以最快的速度逃到附近的一条徒步小径上。要不是有一只野狗攻击她，读者都没注意到她已经在树林里了。你需要预先播下一颗种子，才能让她现在的反应看起来理所应当。

你不会想这样写的：一个女人独自待在闹鬼的庄园里，听到头顶上铁链叮当作响，于是决定不等警察来，而是自己去调查。当她踏上通往阁楼的台阶时，读者会睁大眼睛大声喊："别上去！"

虽然角色决定着行为和事件发生的地点，但也不必从角色写起。你可以先设定情节，然后修改角色性格特征和行为以适应故事中的行动。例如，在《杀手的信物》(*Killer Keepsakes*)，即第四部"乔西·普雷斯科特古董悬疑"作品中，我需要在 280 页左右添加一个 TRD。于是，我决定烧掉某个角色的公寓。我把公寓建在一个宁静的池塘边，那里有鸭子和郁郁葱葱的植被，这样的环境与恐惧和人为破坏之间的对比将产生令人满意的效果。为了让乔西有一个自然的理由出现在现场并帮助拯救生命，我需要回到前面的故事中，让乔西的一个雇员，即公寓的主人生病。以乔西的性格，一定会带上一束花去看望他，祝他早日康复。乔西的性格已经被设定，并会始终如一，因此她在那个时候出现在那个地方就很正常了。

成功的关键在于，悬念应与之前介绍的角色特征统一起来。表 4.1 展示了将两者统一起来的过程。

哥特小说的背景设定

哥特小说的历史可以追溯到贺拉斯·华尔浦尔 1764 年的小说《奥特兰多城堡》(*The Castle of Otranto*)。哥特小说在 19 世纪时非常流行，且

表 4.1 统一角色属性与背景设定

性格特征	暗含的行为可能性	暗含的背景设定可能性
轻信	信任陌生人。	与陌生人的偶遇可能发生在聚会、火车站等场合。围绕着角色的活动越多,角色与陌生人随机关联的痕迹就越不明显。
缺乏安全感	用趾高气扬的行为来补偿安全感的缺乏。	真正有实力之人聚集的地方会让角色感到害怕。他如果是一名医生,在其他医生发表学术论文的会议上,就会因为只是一名听众而感到难堪;如果她是一个全职妈妈,参加她孩子同学的生日派对,女主人洋洋得意地端出一个豪华蛋糕就会让她感到自卑。
懒惰	操纵他人。	可以是任何他希望工作的地方。一个有魅力的年轻男性可能会说服一个意志力薄弱的年轻女子完成他的文书工作。一个沉迷于电子游戏的青少年可能会说服母亲让他不做家务。汤姆·索亚粉刷篱笆就是这样的例子。
利他主义	首先为他人着想。	慈善义卖活动的场所,如教堂义卖或慈善拍卖。
自恋	喜欢看别人受苦吃亏(幸灾乐祸)。	任何凭着他们的成就能让角色幸灾乐祸的地方。

延续至今。哥特一词来源于这些小说通常采用的背景设定——荒野上的古老城堡,例如,与世隔绝的破败宅邸,就像只有在冰雪消融时才能进入的山庄,或者藏在生锈栅栏后被遗弃的麻风病人聚居地。这样的背景

设定为行动提供了舞台，而险恶的环境能产生令人兴奋的恐怖。

例如，在艾米莉·勃朗特 19 世纪中期的小说《呼啸山庄》(Wuthering Heights) 中，阴郁、险恶的环境奠定了小说的基调，就像一支希腊合唱队①站在附近，述说着即将到来的厄运一样生动。背景设定还能以与角色同样的方式，传达他们的态度和意图。

同样，丹尼斯·勒翰在他 2003 年的小说《禁闭岛》(Shutter Island) 中也创造了一种哥特式环境。故事发生在一个荒岛上的精神病罪犯医院，那里的环境反映了其居民的处境。那个被遗弃之地的孤独、笼罩着的不祥瘴气，或是犯人的消沉意志，已无须再去描述，因为背景设定本身已经做了叙述。背景设定还是一种隐喻，能为故事添加多层次含义。

无论在哥特小说中还是在类哥特小说中，背景设定的作用都显而易见。所有的故事都需要背景设定，无论是小说还是纪实文学，一来它可以支撑故事主题，二来它还可以增强行动的真实性。

简洁即丰富

早期的小说常常包含大量的地理描述，而今天的许多读者会认为它们冗长乏味。这些小说恰当地描绘了很少有读者会见到的地方。然而今天，随着电视和互联网的出现，即使是那些空想旅行家②，也和过去几代读者有着不同的期望。当代读者不喜欢费力地阅读对丘陵、山谷、海滩和城市景观的描写，他们只想看到彼时彼景中所发生的事件。你只需添加适当的细节，让所写事件变得生动即可。在阅读来自汉克·菲利皮·瑞安的获奖小说《另一个女人》(The Other Woman) 中的一段节选时，请留意如此简洁的描述就能制造悬念。

---

① 希腊合唱队 (Greek chorus)：在古希腊戏剧中往往有一支合唱队，他们可以叙述剧情，类似现代剧中的旁白，有点类似小说中的全知叙述者。——译者注

② 空想旅行家 (armchair travelers)：指通过阅读或其他方式而非个人体验了解旅行的人。——译者注

"别拿灯对着我的脸！退到警戒线后面去。所有人，立刻！"警探杰克·布罗根用他的手电筒指着一群记者，冰冷的闪光灯在十月的黑暗中照亮了一张又一张渴望新闻的脸。他认出了电视台、电台、报社的人，都来了。他们怎么来得这么快？这些人乘坐的一架直升机盘旋在河岸上方嗡嗡作响，它的聚光灯清楚地照亮了又一个不停工作的漫漫长夜，以及周一早上对一个悲伤家庭的拜访之路——如果他们能查出死者是谁的话。

河边发现一具尸体。这次的死者是查尔斯，在老码头那里。她腿上穿着黑色条纹紧身裤，沾着泥，脚上穿着皮靴，其中一只的拉链被拉了下来，整个人呈"大"字形躺在河岸边的落叶和泥泞的灌木丛上。她栗色的头发飘浮着，脸像奥菲莉娅①朋克似的，在乱糟糟的杂草中若隐若现，模样古怪。

真可惜我不能给简打电话。她喜欢这个。

杰克将黄色光束打在塔克那孩子身上，拿出笔记本，慢慢地朝尸体靠近。胶靴在河堤的淤泥中发出咯吱咯吱的声音——由于波士顿的坏天气，泥还很软。"嘿，你，出去。对，就是你。你不想给新编辑打电话，让他来保释你吧？"

"是连环杀手吗？"一个记者的声音在寒风中显得又细又尖。波士顿花园广告牌上的霓虹绿灯，装饰扎金大桥上白色电缆的紫色信号灯，以及直升机上耀眼的黄色斑点，把犯罪现场变成了一场B级电影嘉年华。

"你说这是连环杀人吗？你觉得是同一个人干的吗？她被杀的方式和另一个死者一样吗？"

"是的，告诉我们，杰克。"另一个声音要求道，"两起谋杀案是连环谋杀案吗？"

---

① 奥菲莉娅（Ophelia）：奥菲莉娅是一个玩朋克摇滚的女孩，特点是忧郁和面无表情。——译者注

"几周前一个，今天一个，现在是两个了。"另一个记者的声音响起，"两人都是女的，都在水边，都在桥边，都在周末晚上，都死了。这就是连环杀人。我们就这么写了。也许可以叫他……'河边杀手'。"

"我们也这样写，'河边杀手'。"

"你们知道第一个受害者是谁了吗？"

"你们都给我滚出去！"

杰克把手电筒夹在一只胳膊下，拉上他那件波士顿警方发的棕色皮夹克的拉链。记者们争相给杀人犯起绰号。疯了。简总是说什么来着？流血冲突类新闻总是头条？至少她的故事不是那样的。

警笛呼啸着穿过铜锣街。然后，那辆红色条纹的救护车沿着满是车辙的边道狂奔而去。所有的镜头都对准了从打开的救护车门里爬出来的急救人员。

他们没必要着急，杰克想道。他的手表显示现在是凌晨两点十五分。她死了至少三个小时了。

就像另一个女人一样。

根据体裁选择背景设定

不同的体裁有不同的读者期待，而不同的读者期待需要匹配相应的背景设定。例如，读者希望舒逸推理故事发生在小城镇，而硬汉侦探故事发生在城市。在某些体裁如奇幻小说中，故事世界的构建至关重要。例如，你如果正在写一部关于水下文明的小说，则可以这样做：

- 融入具有挑战性的地形，如洞穴和山脉，让角色能够展示他们的运动精神、勇敢或机智。
- 创造渴望，设置一个男性角色，他向往在陆地生活，但只被允许进入河口沙洲，在那里他可以看到草地和森林。他的梦想是如此近，但又如此远。

- 创造一个具有一致性和逻辑性的社会系统，并培养能够理解这些系统运作方式的角色——也许可以是一种等级秩序，允许战士居住在更深层的环境中，而将社会的其他成员安排到更不受欢迎的表层区域。

在其他体裁如历史小说中，当读者想要沉浸在那个时代里时，他们不仅想看看什么存在、什么不存在，还想体验当时的人们如何生活。在戴安娜·加瓦尔东的《纽约时报》头号畅销书《异乡人》（Outlander）中，丰富的描述生动地呈现了苏格兰高地——但这些描述只出现在人物与环境互动时。

在1945年的苏格兰高地，克莱尔触摸了圆形巨石阵中的一块石头，然后莫名其妙地穿越到了1743年。《异乡人》将历史爱情小说与时间旅行结合在一起，让故事中的事件给人一种现代感。长满石楠花的田野、嶙峋的岩石、黑暗的城堡和神秘的石头，每一个元素都能唤起对时间和地点的感受。这部经久不衰的小说长达850页，但因为重点在事件而非环境描述，所以被列入快节奏阅读书目。

当代爱情小说的读者也希望故事的背景设定能把他们带到另一个世界。这种体裁的读者渴望有一整个浪漫的世界，而不仅仅是一个爱情故事。他们想要间接地体验一段浪漫。漫步于巴黎的香榭丽舍大街已不能满足他们，他们借助无数以香榭丽舍大街为主题的书籍、电影和电视节目已对那里无比熟悉（在他们的想象中）。他们想要独特的体验。你可以带读者去一个他们自己去不了的地方，比如去巴黎的美国大使馆赴约，或者在大使官邸举办派对。仅把他们安排在伦敦的国家美术馆也是不够的，要让他们和女王的档案管理员一起参加一个策展会议。别让他们被动地坐在曼谷半岛酒店外面的露台上，你如果已经这样写了，一定要让他们看到一些不同寻常的东西，比如一个穿着黑色紧身连衣裙和细高跟鞋的女人跳上了沿着湄南河旅行的渡轮。读者们宁愿骑着大象穿越曼谷郊外的丛林，或在市区的惠恭王夜市享受香艳的泰国浴按摩，而不是一声不响地坐在酒店房间里。描写一些不同寻常的地点时，不妨胆子大点。

这一原则并非只适用于爱情小说读者。所有读者都愿意花时间体验他们不知道的场景,或者那些虽然熟悉却有新鲜元素的场景。想想约翰·契弗 1964 年的短篇小说《游泳者》(The Swimmer)吧,它是对希腊神话里纳西索斯的重新讲述。你应该记得,纳西索斯死去时仍盯着池水中自己闪闪发光的倒影。在最初发表在《纽约客》上的《游泳者》故事中,契弗用他标志性的郊区背景设定来观察社会地位、财富和自我膨胀。随着故事变得越来越超现实,读者对郊区的认知也越来越模糊。

矛盾的背景设定也有吸引力

有时,你可以选择一个与角色的憧憬相反或与故事冲突的背景设定。例如,考虑一下这些自相矛盾的搭配是多么有趣:

● 一个发生在被定罪的杀手和孤独女人之间的爱情故事。在狱警的注视下,他们在昏暗的监狱探视室里展开了炙热的爱恋。

● 一本回忆录,讲述了一个女人从贫穷和无家可归到跻身公司董事会的戏剧性崛起。在到达成功的顶峰后第一次回家时,她在一个荒凉的停车场里拜访了一位住在拖车上的校园密友。

选择能与角色的处境形成对比的背景设定,既可以为故事增添趣味,又能鼓励读者在故事中进行深层次思考,从而突出故事的基础主题。

朱迪斯·格斯特 1976 年的小说《普通人》(Ordinary People)也聚焦于一个富裕的郊区家庭。毫无特色的环境——这种中上层阶级的郊区聚居地在所有五十个州都能找到——让非同寻常的事件变得更加鲜明。由于长子巴克在航海事故中丧生,这个理想的家庭因此分崩离析。小儿子康拉德活了下来。《普通人》讲述的是这个家庭余下的三名成员——康拉德和他的父母——如何面对他们的不幸。这本书是以现在时态、第三人称全知视角写成的,不同章节的视域在幸存的儿子康拉德和他父亲卡尔文之间切换。这部纯文学小说以生与死、生存与自杀、信任与背叛为主题,以其丰富的地理位置与人物必须面对的凄凉情感形成对比。

此外,与主题相匹配的背景设定还能够增加故事的复杂度。在你阅读表 4.2 中的例子时,请注意这些背景设定是如何支撑故事主题的。

表 4.2　连接背景设定和故事主题

书名/作者/出版年份/体裁	主题	背景设定	故事主题与背景设定的关系
《布拉克山》(*Black Mountain*)，雷克斯·斯托特，1954 年，犯罪小说	没有爱，就没有忠诚。	黑山共和国境内布拉克山及其附近崎岖险恶的地形。	作为美国人，侦探们可以自由地选择爱情；而受害者的亲属，因为受到极权政府的压迫，却无法自由选择。侦探必须面对重重困难，但这也证明了他们破案的决心和对受害人的爱。
《狂奔天涯》(*Not Without My Daughter*)，贝蒂·马哈茂迪与威廉·霍夫，1987 年，回忆录	为了对孩子和自己的爱而逃离暴政。	德黑兰（伊朗）以及德黑兰和土耳其之间的山区。	一些例子凸显了促使主角逃离的文化差异。例如，她的女儿在一所正在筹集捐款的学校上学，好在学年开始前安装上厕所。他们筹到了足够的资金，并对地上新挖的洞（厕所）感到兴奋。他们逃亡路线上危险的悬崖和冰天雪地的处境反映了主角如果被抓将面临的危险。
《白墙》(*The Blank Wall*)，伊丽莎白·桑克赛·霍尔丁，1947 年，心理惊险小说	母亲的爱是无条件的。	纽约市郊区一座湖边别墅。	房子和庭院，以及湖和一个小岛，是主角生活的全部。她很知足。当她失去对生活的掌控时（她十几岁女儿的年长坏男友神秘死亡了），她熟悉的世界既是避难所又成了一所监狱。

《中国娃娃》(*China Dolls*)，邝丽莎，2014 年，纯文学小说	比起家人，你更需要女朋友；要小心你信任的人。	1938 年后的旧金山。	故事中的"娃娃"是三个美籍华人，她们拥有截然不同的背景，来自截然不同的环境，却在一家夜总会中偶然相遇。战前旧金山的多样性、少数族裔聚居区和狂热的乐观主义为这个复杂的故事提供了生动的背景。
《一卷蓝线》(*A Spool of Blue Thread*)，安妮·泰勒，2015 年，女性小说	无论看起来多么平凡的家庭都很特别。	跨越几代人的巴尔的摩市。	家园象征着稳定与持久。

用感官元素让背景设定生动起来

确定好富有悬念感的背景设定后，就可以开始写作了。接下来就是添加感官元素，添加的越多就越能增强悬念。

无论悬念是以行动为导向（例如，在一个废弃城市的街道上，一个可怕的生物追逐着主角，越来越近），还是以心理为导向（例如，在一间乡村厨房里，一个貌似善良的女人发出的尖刻批评却让环境显得越来越阴暗），如能让读者透过感官元素的描写进行体验，更能让他们有身临其境之感。

表 4.3 详细展示了如何描写富有悬念感的背景设定。在动笔之前，你需要先理清思路，以确保你的描述能让场景生动起来，而不是变得死气沉沉。

表 4.3 用感官元素创建背景设定	
体裁	青少年恐怖小说
主角	一个十七岁的男孩成了一场食尸鬼袭击中唯一的幸存者。他的名字叫约翰。
场景简要描述	一个食尸鬼发现了约翰并试图抓住他。约翰逃跑,冲进后巷,跑上无人的楼梯,最后跳进一个旧的、空的输入管道,那里食尸鬼进不去。(食尸鬼不会躲到地下。)
悬念类型	行动类——一个食尸鬼追着约翰穿过废弃城市的街道,不断逼近。
主角渴望什么?	短期:安全。长期:帮助。情感上:知道他并不孤单。
主题是什么?	我们都是独自一人;只有自己才能拯救自己。
主角听到了什么?	嗖的一声,咯咯的笑声,他吃力的呼吸声,沉重的脚步声。
主角看到了什么?	从食尸鬼身上散发出的一种绿色荧光雾霭,当它逼近时就越发明亮;菱形的银色月光;黑暗的建筑;荒凉的街道。
主角闻到了什么?	路边成堆的垃圾散发着恶臭;种植园主坐在一座现已废弃的公寓楼前,当约翰从他身边走过时,约翰闻到了芙蓉花的甜美香气。
主角尝到了什么?	约翰在逃命前吞下最后一口火腿三明治。
主角触摸到什么?	坚硬的沥青,他的牛仔裤。约翰在粗糙的布料上摩擦着出汗的手掌。
主角在生理上经历了什么?	他的脖子和肩膀紧张得像一块铁;他感受到自己狂跳的脉搏。
主角在情感上经历了什么?	害怕,但不惊慌;下定决心。
体裁	回忆录
主角	一个中年妇女试图接受她母亲对她的轻蔑态度。主角是玛丽,她的母亲叫琼。

场景简要描述	玛丽到琼家来履行她每月一次的职责。琼烤了面包，她们在一起边喝咖啡边闲谈。一开始只是闲聊，说些有的没的，但是琼，像往常一样，想方设法进行隐晦的批评。当琼还在说话时，玛丽站了起来，说她得走了，随即离开。
悬念类型	心理类——在一间乡村厨房里，琼的尖锐批评使环境变得越来越阴暗。
主角渴望什么？	短期：毫发无损地逃离琼的厨房。长期：再也不要被琼评判。情感上：认识到自己不需要母亲的认可也能很出色。
主题是什么？	你需要用自己的而不是别人的标准来评价自己。
主角听到了什么？	冰箱启动停止的轻柔声音，远处狗的叫声，煮咖啡的声音。
主角看到了什么？	琼卷曲的灰色头发、颤抖的双手、难以用微笑融化的冰冷棕色眼睛；一套红色的罐子，从玛丽小时候起就放在柜子上面了；玛丽以前从未注意到的剥落的油漆。
主角闻到了什么？	来自烤肉桂面包的肉桂和香草味，两种曾经被玛丽将之与爱情联系起来的味道，现在却代表着蔑视；漂白剂的味道。
主角尝到了什么？	一种辛辣、苦涩的余味，玛丽并不认为这是肾上腺素；对她来说，这不过是走进她成长之所的副产品。
主角触摸到什么？	光滑的橡木桌子，旧椅子织物靠背上的一块碎片。
主角在生理上经历了什么？	恶心，一种使人难以集中注意力的迟钝。
主角在情感上经历了什么？	害怕自己无法逃脱母亲的掌控。

　　背景设定的选择应与故事主题匹配，能够支撑故事情节，并有助于定义角色。让角色与背景设定之间进行互动，能为读者在细节上深度参与到故事中提供丰富的机会（见表4.4）。

表 4.4　深入思考你的背景设定

通过关注故事背景设定及角色如何与他们周围的世界互动,这个练习将帮助你创造生动和富于悬念感的场景。一旦想要达成的情感基调被确定,接下来你需要敲定一些细节,使读者感觉到自己也身处场景之中。要想让读者沉浸于你的故事,下面列举的内容必不可少。

- 体裁是什么?
- 对场景的简要描述。
- 谁是主角?
- 主角渴望什么?
- 主题是什么?
- 情节目标是什么?
- 你希望通过行动还是心理来创造悬念?
- 主角看到了什么?
- 主角听到了什么?
- 主角闻到了什么?
- 主角尝到了什么?
- 主角触摸到什么?
- 主角在生理上经历了什么?
- 主角在心理上经历了什么?

与背景互动的角色

"乔西·普雷斯科特古董悬疑"系列小说的主题之一是寻找归属感。乔西在几个月内失去了工作、朋友、男友和父亲,决定搬到新罕布什尔州的洛基角重新开始生活。新罕布什尔州崎岖的海岸线和漫长而严酷的冬天与主题形成了鲜明的对比,这为我缩小主题与地点之间的差距提供了空间。请看 2016 年《死亡之光》(*Glow of Death*)中的一段节选:

　　白色帽子的褶边和阳光下乳白色的珠片点缀着深蓝色的海洋。新罕布什尔州的洛基角一年四季都很美,从秋天的火红到冬天的洁白,再到春天的红色蓓蕾和绿色嫩叶,但我最喜欢的还是夏天。夏天有沙丘上的野草、金凤花和金银花，还有熏人的微风。微风是我的最爱。

常见问题解答

问：我正在写一部少年小说，讲的是一群青春期前的孤儿，他们生活在纽约中央公园地下一个被遗忘已久的管道网中。地下管道网是一个都市的传奇，但读者可能还对此存疑。我想至少需要用一个章节来描述这些管道，否则我就得打断行动场景来解释了。如何避免在第一章中出现过量的背景设定信息呢？

答：我很理解以描写背景设定开篇的诱惑性，尤其是独一无二的背景，但以行动描写开篇更佳。当主角冲进一条长长的管道时，才是让读者看到它的时候。但即便此时，也不要直接描述它。与其描写混凝土因岁月流逝而发白变灰，不如让年轻孤儿骄傲于对其迂回曲折的了如指掌，甚至可以蒙着眼睛跑过去，而追逐他的人则要处处小心。哈！孤儿也许会想：运气好的话，追他的人会一头撞到墙上，把自己撞昏过去。你所面临的困难与所有其他作者一样，不用担心，只需去描写那些故事或角色需要的细节就好了。

雷克斯·斯托特在1954年出版的尼禄·沃尔夫侦探小说《布拉克山》中有下面这段描述。在阅读这段节选时，请注意斯托特没怎么使用描述，而是用事件来揭示背景设定。在此过程中，我们对叙述者阿奇·古德温也有了更多了解。

阿奇正在讲述他们欧洲之旅的一段行程，他们正在寻找杀害沃尔夫先生老朋友的凶手。沃尔夫和古德温在黑山共和国山区见到了一群人。经过艰苦跋涉，在接近零度的环境下休整之后，他们需要穿越边境进入阿尔巴尼亚，在那里他们将面临一定的危险。下面这段节选来自第十二章，大约在全书的三分之二处。

> 直到捆好背包，准备出发时，我才意识到我们必须通过岩架返回到小路上。我已经冻僵了。我还以为我们会继续往边境走，不用走回头路。不加沃尔夫，还有七双眼睛在盯着我，我只能选择维护美国人的荣誉，咬紧牙关，尽我最大的努力。还好我是背对着他们的。关于在一千五百英尺高的悬崖岩架上行走，有一个有趣的问题：是晚上走更好，还是白天走更好呢？我的回答是：最好别走。

通过这段叙述，你能感觉到浸入阿奇骨髓的寒冷。你也能感受到恐惧——但当我们看到阿奇克服恐惧时，对他的了解会更加深入，比如他的机智也值得钦佩。你还能看到地理环境。学习斯托特在《布拉克山》中的写作手法，去展示角色与故事世界的互动，而不要依赖于直接描写。

节选中并没有简单地对洛基角进行描述，而是让读者透过乔西的眼睛自己观察。

在伊萨克·迪内森 1938 年的小说《走出非洲》(*Out of Africa*) 中，叙述者一开始就描述了主人公生活的农场。这段描述长达三千五百多个词（超过十页），之后才出现了一些人物对话。故事采用了第一人称视角，所以虽然对今天的读者来说其背景描写有些烦琐，但也可以帮助读者见到主角之所见，比如那些与欧洲不同的树木。这种情况出现在小说的第二段，从一段独特的评论中，我们获得了关于这个人物的重要信息。这种技巧——读者和角色一起体验某个地方，将幕后故事融入背景设定——是让读者了解角色的秘密、观点、传统、渴望和意图的最好方法之一。

既然已经知道了你的故事会发生在什么地方，以及如何以体验式的手法写作，现在是时候融入两个次要情节了，这将是第五章的主题。

第五章　加入两个次要情节

简单是门复杂的艺术。

——道格拉斯·霍顿

有特定作用的次要情节

你应该还记得在第三章中，我们讨论过简的《情节设计路线图》，其中有两条副线，分别是次要情节 1 和次要情节 2。一些故事会采用最传统的情节设计方案，通常其中会包含两个次要情节，每隔 40 页左右插入一个与次要情节相关的场景，在两个次要情节间依次交替。在故事末尾，三条情节线将交织在一起，为结局增添极有层次感的诱人复杂性。如果没有次要情节，故事可能会显得过于简单明了。但是，添加次要情节并不简单。你需要确保它们能够支撑主要情节，为故事增添趣味、吸引读者兴趣，而不是分散读者的注意力——要做到这些可不容易。

选择次要情节之前，先要确定它的作用。添加次要情节有两个最常见的原因，一是增强主要情节的复杂性，二是增加情境以揭示角色的微妙信息。例如，你可以引入一个新角色，通过他改变视角或视域，还可以在某个时刻与主角互动。同样，你也可以展示主角的爱好，比如木雕。要想雕得好，人物必须有耐心、专注和稳定的手。之后，当主角在暴风雪中用步枪瞄准坏人，等待他从树后出来时，读者就会接受角色有忍耐、专注和坚定的品质。角色如何看待木雕（他生活中的人如何看待他这种消磨时间的方式），他雕刻了些什么，他是否分享他的作品——所有这些大量的问题都能够作为次要情节的素材。也许他认为自己是个新手，从不让任何人看到任何他雕刻的东西，但在故事的结尾，他将一件一直在雕刻、贯穿整个故事的作品，送给了被他救出来的年轻女孩。这一行动将次要情节和主要情节关联在一起——而这正是讲好故事的关键。

> **常见问题解答**
>
> **问**：多少次要情节才算多？
>
> **答**：少数故事拥有两个以上的次要情节会更好，但大多数故事则相反。举个例子来说吧，如果你正在写一个宏大的家族传奇故事，那么各种次要角色的故事可能都需要占用一定的篇幅，如此也能增加对主线的共鸣。但这毕竟是特殊情况，所以，添加两个以上的次要情节时需仔细考虑。你不想让读者感到困惑吧？当一个次要情节得到了它本不该得到的较多关注时，困惑就会产生。这种对次要情节的不恰当强调经常发生，原因在于作者只顾着它的内容，而忽略了它驱动情节和揭示角色的作用。从读者的角度来看，他们总是追随着作者，沉浸于故事之中，带着愉悦的心情想知道这个次要情节将如何与主线相融。而当这个期望落空时，他们会感到失望、迷失，甚至觉得受到了欺骗。

为特定目的选择次要情节的想法对一些作者来说可能会比较陌生。这些作者可能会对某个角色感兴趣，并分配给他超出原先设想的戏份，并将这部分新的叙述称为次要情节。然而，这样做往往只会干扰主线，拖慢节奏。我们可以从亚伯拉罕·林肯总统最喜欢的一个谜语中有所收获：如果把狗的尾巴称为腿，那么它有多少条腿？他的回答是：四条。你称尾巴为腿并不能使它成为腿。同样，把题外话称为次要情节并不代表它就是。添加次要情节必须满足特定的目的：构建情节或塑造角色。思考以下场景，你正在强调角色的某一品质（例如，学识或美德）或增加情节的复杂性（为某一问题放烟幕弹或增加一个嫌疑人）：

● 如果你的故事是关于缓慢破裂的婚姻，你可以把主角写成一个慈爱的父亲。然后添加一个次要情节，强调他如何帮助儿子解决麻烦，而他的妻子只会烦恼焦躁、责备丈夫，甚至撒泼打滚。这种方法会使读者立即产生对丈夫的持续同情。

● 许多读者说他们喜欢学习新事物。要想在故事中增加信息，并从头至尾都能吸引住读者，最有效的方法之一就是创建次要情节。例如，让医生去治疗病人的某种疑难杂症。也许那个病人与主线无关，但医生在此过程中表现出的坚持忍耐、奉献和善良却与主线有关。稍后，当医生的行为方式与此相同，且事件与故事核心相关时，读者就会觉得这很可信。次要情节还能达成双重目的：读者可以从中了解到一些关于疾病诊断的新奇小窍门，满足他们学习新东西的欲望；同时，还可以展示医生的相关资质，提升故事可信度，弱化以后某个情节点的巧合感或捏造感。

● 在回忆录中，宏大主题由小事件累积而成。比方说，一位单身母亲讲述了她所付出的艰辛，只为给她十七岁的儿子买一辆车，好让他课外兼职时用。此时，可将反映经济困难的次要情节事件转化为主题。例如，一个合乎逻辑的次要情节可能涉及她的父亲，他也需要经济上的帮助。随着故事的发展，她父亲的经济困难变得更加严重。她左右为难。她有足够的钱帮助一个人，但无法同时兼顾两个人。她很纠结，但必须做出选择。或者，次要情节也可以是与她当前处境相反的事情。也许她有一个很有钱的表亲，但作为一个四十五岁的女人还要去寻求经济帮助，是她必须要克服的尴尬。这与故事的主要观点也形成了有趣的对比——要把儿子培养成独立的人，而她自己却不得不依赖他人。如要将这种困境表现得淋漓尽致，还可以让这位表亲到她家里来炫耀新车。

● 警匪小说通常会使用有缺陷的主角，比如有酗酒问题的警察。这一缺陷可以被延伸成次要情节，如果处理得当，可用饮酒情况反映某一案件是否在他掌控之中。

请留意以上这些经过深思熟虑而得出的次要情节示例。它们没有一个是随机挑选的，且都与主线、主角有关。请选择能够突出关键事实、为角色增加复杂性或制造悬念的次要情节，这样你就能保持正确路线。不要在你认为是次要情节的题外话上扯闲篇，因为它不是。假装它是次要情节只会让你走入死胡同。

常见问题解答

要充分发挥次要情节的潜力,次要情节应满足以下要求:

- 有完整的情节线。
- 有充分发展的角色。
- 能揭示主角的属性(用其他方式无法揭示)。
- 在故事的结尾处解决问题,可以在主线收尾之前,也可以与主线同时收尾。
- 能反映主题或与主题对立。
- 永远不要压倒主线情节。

你需要细心地思考,才能选择出有助于制造诱人悬念的次要情节。请查看表5.1,看看次要情节这个万能工具,是如何自然地将角色信息和趣味加入情节之中的。

表5.1 有特定作用的次要情节

体裁	主要情节及次要情节示例	次要情节的作用
纯文学小说	1959年,菲利普·罗斯的中篇小说《再见,哥伦布》(Goodbye, Columbus)首次在《巴黎评论》上发表。主要情节围绕着尼尔和布兰达之间的爱情故事展开。尼尔属于中下层犹太人,在图书馆里从事低薪工作;布兰达在雷德克里夫学习,家境富裕。(该故事的同名书籍赢得了1960年的国家图书奖,其中还包括另外五个短篇故事。)尼尔住在新泽西州纽瓦克市的一个蓝领社区,布兰达则来自肖特山市的富裕郊区。这部中篇小说的主题是同化及其对个性的影响。次要情节讲述了喜爱艺术书籍的非洲裔美国儿童的故事,它映射了主要情节,增加了深度、趣味和发人深省的反思。	反映角色的两难困境。

奇幻小说	约翰·罗纳德·瑞尔·托尔金的《指环王》(The Lord of Rings) 系列小说首次出版于 1954 年，讲述了佛罗多试图摧毁至尊魔戒的故事。一个重要的次要情节围绕着莱戈拉斯·绿叶和阿拉贡的冒险展开，他们奋力保护定居点并消灭兽人军队。其他的次要情节也聚焦于两极对立，包括乐观和绝望、死亡和永生，以及上天注定和自由意志。	通过展示邪恶来突出善良。
回忆录	世界著名神经病学专家奥利弗·萨克斯在 2015 年出版的回忆录《在路上》(On the Move) 中，讲述了他作为摩托车爱好者和神经异常现象记录者的经历。一个次要情节讨论了他生活中的另一个方面——性。可能是害羞的天性和宗教教育带来的副作用，他的性关系热烈但不频繁，与他招之即来和热心公共事务的作风形成了对比。	了解性在他生活中所扮演的角色。
传统推理小说	在"乔西·普雷斯科特古董悬疑"系列的第四部《杀手的信物》(Killer Keepsakes) 中，乔西爱交际且可靠的助手格雷琴不见了。当格雷琴的公寓里出现一具尸体时，她成了头号嫌疑人。揭开格雷琴过去的种种秘密，乔西了解到她曾忍受了多年的惊人虐待。一个次要情节聚焦于汉丽埃塔·霍华德的真实故事，她是一个生于 18 世纪的英国贵族女性。汉丽埃塔挺过了一段被虐待的婚姻，重新成为卡罗琳公主的侍从。在成为乔治二世国王的情妇多年后，汉丽埃塔成为她那个时代最受欢迎的女性之一，还是当时最伟大的诗人和文人的朋友。	映射主要情节——只要有决心和勇气，你可以涅槃重生。

使用简的《情节设计路线图》维持紧张节奏

不要浪费次要情节构建悬念的能力。它们在丰富内容的同时，也会增加故事的复杂性和趣味性。再来看看我们一直在研究的两个案例：一个惊险小说，一个回忆录。请在阅读表 5.2 中详细描述的次要情节点时，注意它们如何强调某个境况或角色的不同方面，将意想不到的线索编织在一起，从而构成一条色彩斑斓的锦缎。还要留意，我是如何安排次要情节的内容每隔 80 页左右出现一次的（副线 1 出现在第 40、120、200、280 页等；副线 2 出现在第 80、160、240、320 页等）。当然，次要情节的节奏可以多种多样，它取决于主线的节奏和情节点的重要性。

表 5.2　织出副线	
案例 #1：家庭惊险小说 开篇：在郊区的杂货店里，凯拉伸手去拿一盒麦片。当她转身再去推购物车时，她发现她的钱包不见了。	
次要情节 #1：凯拉的母亲患有日落综合征①，痴呆症状会在晚上出现。	
位置	内容
大约第 40 页	在与警察进行了一段漫长而令人不安的谈话后，凯拉正给自己倒一杯葡萄酒，这时，她母亲打电话来抱怨保姆偷了她的红色丝绸衬衫。于是，凯拉给女保姆艾达打电话，艾达已经为她母亲工作八年了。艾达说她当然没偷衬衫，衬衫在干洗店呢。凯拉觉得她母亲的精神极不稳定。
大约第 120 页	凯拉安排了一次护士上门服务，对她母亲的安全情况进行评估。她母亲一直坐在外面的躺椅上，不肯配合。护士评估员告诉凯拉，她母亲没有正确服药。她母亲称评估员为疯子，只是在为她们的上门服务招揽顾客。

---

① 日落综合征（sundown syndrome）：又称"黄昏综合征"或"日落现象"，是美国的一些学者提出的概念，用来描述老年性痴呆患者在黄昏时分出现的一系列情绪和认知功能的改变，例如情绪紊乱、焦虑、亢奋和方向感消失等，持续时间为几个小时或者整个晚上。——译者注

大约第 200 页	凯拉的母亲看起来比过去几年更快乐。她坦承道，自从艾达离开后，一直在照顾她的年轻男孩人还不错。凯拉震惊于事件的双重转折，她打电话给艾达，艾达说她母亲上周已解雇了她。凯拉很震惊，给了艾达一笔遣散费和一封推荐信。她母亲拒绝告诉她为什么要解雇艾达和关于那个男人的任何信息。母亲说她知道凯拉会赶走他，因为凯拉不想让她的生活有任何乐趣。凯拉要求她母亲签署一份授权书。她母亲拒绝了。
大约第 280 页	凯拉偷偷在她母亲家装了一个摄像头，震惊地发现这个"不错的年轻人"是她的前夫比尔。于是，她打电话警告比尔。比尔让凯拉冷静下来，说他和她母亲是好朋友，然后挂断了电话。
大约第 360 页	凯拉接到她母亲家附近医院打来的电话。早上七点，一个园丁在她母亲的邻居家工作时，发现她母亲在灌木丛中睡着了，于是园丁拨打了急救电话。
结尾	凯拉说服了她母亲，让她住进了养老院。凯拉说："想想吧，妈妈。如果你不需要花那么多时间和精力来应对一些琐事，你就能去做你想做的事。"

次要情节#2：凯拉的前夫在跟踪她。

位置	内容
大约第 80 页	凯拉的前夫比尔打电话说他要再婚了。凯拉不能分辨他是想亲口告诉她这个信息，还是像她怀疑的那样是在吹牛。
大约第 160 页	比尔出现在凯拉工作的地方，说他想谈谈欠她钱的事。他们走到外面后，比尔露出了令凯拉熟悉的阴谋得逞后的笑容，说他撒谎了——他只是想见她。凯拉躲进了女厕所，直到一个同事告诉她比尔已经走了。
大约第 240 页	凯拉看到比尔开车从她家离开。她报了警，随后一名警探把比尔带走问话。

位置	内容
大约第 320 页	凯拉两次见到比尔，两次都是他潜伏在凯拉视线之外然后突然出现。凯拉打电话给她的律师，要求获得对孩子们的单独监护权。
结尾	凯拉最后一次关上自家的房门，准备开启自己的新生活。在走上小路之前，她环顾四周。当没有发现比尔时，她笑了。

案例#2：回忆录

开篇：艾尔坐在家中的办公室里，刚给妹妹发了短信，正等着她的回复。他们的爸爸再一次拒绝下床。警察打来电话，告知艾尔他十几岁的儿子斯图尔特再次被捕。

次要情节#1：艾尔染上了赌瘾。

位置	内容
大约第 40 页	艾尔与邻居打扑克，输了 120 块。
大约第 120 页	艾尔早早下班去玩掷骰子，赢了 750 块。
大约第 200 页	在午餐时间玩的扑克游戏本该早早结束，但艾尔太过于投入，以至于错过了和他的老板——学校校长的会议。
大约第 280 页	艾尔带着他的邻居希拉去附近的一家赌场玩。他们回来得太晚，离开时已筋疲力尽。艾尔开车时睡着了，车撞到了一棵树上，完全报废了。
大约第 360 页	艾尔加入了"匿名赌徒协会"。
结尾	艾尔路过邻居家时，人们正围坐在牌桌旁，喝酒谈笑。他有意避开了。

次要情节#2：艾尔喜欢上了他的邻居希拉。

位置	内容
大约第 80 页	艾尔的邻居希拉，离过婚，正和艾尔的妻子玛丽在社区的游泳池边聊天。就在他们谈话的时候，希拉的独生子、三岁的马库斯溺水身亡。

大约第 160 页	希拉出现在艾尔的学校。她泪流满面，还在为马库斯的事神魂不定，此时正需要一个可以依靠的肩膀。他们去喝咖啡，导致艾尔错过带父亲去看病的预约。
大约第 240 页	玛丽告诉希拉，让她滚远点。希拉立刻把玛丽的话告诉了艾尔。
大约第 320 页	希拉打电话给艾尔，请他带自己去赌场。他刚开始拒绝了，然后又改变主意，他们就去了。知道艾尔的癖好后，玛丽找到了他，发现他和希拉在玩二十一点。艾尔向玛丽道歉，并用赢到的钱租了一辆豪车送希拉回家，这样他就可以专心应付玛丽。
结尾	希拉再次来到艾尔的学校，邀请他去喝咖啡。他拒绝了。

请留意每一个次要情节是如何独立存在的——它有开头、中段和结尾。在这部家庭惊险小说中，凯拉成功地让母亲明白了自己的局限性，并将自己从比尔的束缚中解放出来。但次要情节中并没有提到她赢得了争取孩子抚养权的官司，以及她会带着孩子们搬到佛罗里达去，这些都会放到主线中处理。同样，在回忆录中，艾尔控制住了自己的赌瘾，并开始修复与妻子玛丽的关系。而次要情节中没有涉及他未来的生活，此部分内容也将放在主要情节中处理。

请不要将次要情节和主要情节分开设计。把自己想象成一个纺织工，正在将不同粗细和颜色的情节线编织在一起。最终，它们自己会融合成一个有机整体。

在系列故事中使用主题性和可重复性的次要情节

你在写系列故事的时候，可以把每一本书看作一部拥有相同角色的独立小说。次要情节应该遵循同样的模式。它们应该是有主题的，可以重复出现的，这样你就能把这个让人记忆深刻的想法从一部小说带到下一部小说。次要情节可以保持不变，只是阐释它们的事件发生了变化。请看以下示例：

- 罗伯特·B. 帕克的斯宾塞系列小说可以看作写给男性的舒逸推理小说，小说中描写了一位名叫斯宾塞的独立私家侦探。在每一部有斯宾塞的爱慕对象苏珊出现的小说中，都有一个关于神圣、浪漫爱情的次要情节。[在该系列的第二本书《迷途羔羊》(God Save the Child) 中，苏珊第一次出现。]此外，另一个关于荣誉和自尊之间关系的次要情节也出现在该系列的每一本书中。

- 约翰·D. 麦克唐纳的崔维斯·麦基系列小说讲述了一个理想化的业余侦探——一个"救援顾问"——尽力帮助客户挽回损失，并与客户分享战利品。崔维斯崇尚自由，但忠诚且自立，还很性感。男人都想成为他，女人都想被他爱。每本书都包含两个次要情节：一个是关于孤独和寂寞的（通常都涉及一个重要的次要角色，如聪明但忧郁的经济学家迈耶）；另一个是复仇的情感价值。

- 我的"乔西·普雷斯科特古董悬疑"系列小说总是有一个以古董为主题的次要情节（除主线古董情节之外的），以及一段乔西和她男友泰之间的浪漫插曲。

- 布莱恩·蒂姆的警匪小说系列故事讲述了奥克兰市负责凶杀案的警官马特·辛克莱的故事，他负责追捕这个城市最危险的杀手。该系列的前两部分别是 2015 年的《红线》(Red Line) 和 2016 年的《战栗杀戮》(Thrill Kill)。每一部都包含一个辛克莱在爱情中挣扎的次要情节，另一个次要情节则和他无法原谅自己混乱的过去有关。两者都使角色更加稳健，增强了读者对这位警官的认同。

- 《饥饿游戏》(The Hunger Games) 三部曲是苏珊·柯林斯的反乌托邦小说（分别出版于 2008 年、2009 年和 2010 年），包含了关于青少年爱情的重要支线情节，既有不幸的爱情又有关于三角恋的。第二个次要情节关注团结在追求成功中的重要性。

现在轮到你了。当你回答表 5.3 中提出的问题时，要意识到正确的答案并非唯一。如果对问题 2、4、5 或 7 的回答为"是"，表明你有机会在此问题的答案中创造一个有意义的次要情节。在《置之死地》(Consigned to Death）中，我并没有在每一个回答为"是"的问题后都设置一个次要情节。我只选择了在问题 2 和问题 7 后添加次要情节，一个与次要的古董有关；另一个是关于乔西对一个小角色毫无根据的信任，而这个小角色后来成为关键嫌疑人。

表 5.3　浏览次要情节的过程	
例子	《置之死地》，"乔西·普雷斯科特古董悬疑"系列第一部。
故事中主要的非虚构元素是什么？	古董。
读者想知道更多关于非虚构元素的信息吗？	是的。我的读者喜欢学习新事物，欣赏对古董的评估过程。
描述故事开篇时的主角情绪状况。	乔西心烦意乱，爱哭，焦虑，孤独。
根据主角的情绪状况开发一条情节线能否揭示一个秘密？	不能。乔西知道她为什么难过，读者们也知道。
背景设定中是否有一些元素可以作为次要情节？	是的。新罕布什尔崎岖的海岸线反映了乔西所感受到的与世隔绝。
描述主角最明显的弱点。	乔西很容易上当，但她自己并不知道。她很容易信任他人。
这种性格上的怪癖或缺陷能发展成次要情节吗？	是的。乔西可能会爱上一个花言巧语但不是好人的男人，或者她会不顾事实地去相信一个嫌疑人对某件事的解释。

次要情节可以帮助你创造具有多面角色的多层次故事。你需要仔细挑选，然后将它们融入故事，让读者直到故事结尾才看到它们是如何影响主要情节和角色转变的。这也是构建故事并制造悬念的方法。

恭喜你！你的情节设计工作已经完成了。你已经清楚了故事主线，TRD 会在哪里出现，现在你又明白了如何把次要情节与主线交织在一起。下一步是学习如何用孤立来构建悬念。这个复杂的问题是第六章的主题。

第六章　孤立主角及其他所有角色

孤独磨练强者心性。

——保罗·塞尚

孤立，一种制造悬念的工具

孤立可以磨练强者，但也可以碾碎弱者。为了充分利用这个复杂工具的多方面优势，你需要了解它的强大功能。物理孤立（例如，单独监禁）和社交孤立（例如，社交焦虑导致的陌生环境恐怖症）都有三种使用方式：一是作为情节点或 TRD；二是作为主题；三是作为解释特定角色属性的幕后故事。在本章中，我们将分析孤立的所有使用方式，讨论如何用孤立来驱使行动，以及如何反映主题。我们还将分析孤立在解释角色行为和引导其他行为产生方面的作用，因为它是开发可信角色的重要组成部分。不过，首先让我们回顾一下对孤立及其影响的研究。

孤立研究综述

孤立有两种类型：**物理孤立**和**社交孤立**。当一个人被阻止与其他人互动时，就会发生物理孤立。社交孤立则产生于人们觉得自己无法融入社会时；或当人们被回避、被霸凌，或因其他原因不能归属于某个群体时；又或者在人们内心中的某些东西阻止他们加入某个群体时。

压倒性的证据表明，人类是天生的社会性生物。社会心理学家报告说，我们希望被需要。我们想要被喜欢。我们希望成为各种团体的一部分，从宗教组织到非营利组织，从狩猎俱乐部到读书俱乐部，从社区组织到政党。人类似乎天生喜欢社交。参加社交活动的人更快乐，寿命更长。即使是内向者和隐士，他们虽然可能不愿意加入社交活动，但也能从中受益。

忍受孤立很少不对人产生负面影响。被孤立与各种身体疾病有关，如心脏病。它还与抑郁和焦虑密切相关，是人们自杀或试图自杀的重要原因之一。当人被排除在社会互动之外时，他们就会像植物一样枯萎。

孤立也可能是某些状况带来的伴随影响或副作用，如精神分裂症、自闭症、焦虑、被回避、监禁、家庭暴力和移民。了解如何使用每一种孤立来开发或强化故事，将助你写出更可信的角色和情境。它反过来又能增加故事的紧张感和悬念。

当孤立成为情节的中心

这些以研究为基础的、关于孤立的事实可以作为故事的基本前提或主题，或者用于增加行动场景和人物的可信度。让我们先看看使用孤立（物理的和社交的）来推动行动、揭示角色和构建悬念的例子。

你应该还记得在第三章中，使用简的《情节设计路线图》的一个好处是将整个故事弧线分解成若干易于管理的小块，这样你就可以从一个情节点写到下一个情节点，从而使写作过程更容易掌控。无论你是否已经完成了路线图的绘制，还是仍处于构建情节的思考阶段，都可以添加孤立元素。你的整个故事可以专注于寻找群体，或者添加一些孤立元素来增加特定场景的紧张感。只是简单地将孤立的一个或多个方面插入角色的幕后故事或情境中，也能够增加悬念。

例如，在家庭惊险小说案例♯1中（见表 3.4），凯拉要求警察在她的钱包被偷后检查她的房子——毕竟，小偷有她的驾照，所以他知道她住在哪里：

> 警察开车送凯拉回家，并对她的房间进行了一次检查，以确定房里没人。警察走后，凯拉锁上所有门窗，然后拿起电话，想给在她家附近唯一的家人，也就是那个不招人喜欢的姐姐打电话。这时，她听到自己手机独特的铃声在房里的某处响起——这手机本来是放在被偷走的钱包里的。

下一个情节是凯拉从邻居家里打电话报警。为了让过渡顺畅，将凯拉从自己的家送到她邻居家，我需要评估数十种选项。我应该让凯拉像疯了一样尖叫着逃命呢？还是让她慢慢地站起来，屏住呼吸，然后撞到墙上？又或者让她四肢僵硬，因恐惧而麻痹？当我权衡如何把凯拉从她自己的厨房带到她邻居家的门口时，有一个因素必须纳入考虑：孤立对各个选项有何影响。

局势已经非常紧张。凯拉越是孤立，紧张感就越明显，场景就越生动，悬念也就越多。以下是我做出的选择，仅基于已经揭露的事实，巧妙地将凯拉孤立起来。

- 凯拉独自一人在家里，或者她以为自己一人在家，这时她听到被偷走的手机响起铃声。

- 负责案件的警察没有带上凯拉；他们认为，现在要由警探们来跟进钱包失窃和汽车盗窃事件。

- 警方认为不存在暴力行为。

- 警方认为凯拉并不是被专门针对的。从表面上看，这起盗窃案似乎是一次随机犯罪。

- 凯拉唯一能想到可以打电话的人就是她"不招人喜欢的姐姐"。

- 当凯拉锁上门窗的时候，她以为把坏人挡在了外面；现在，她意识到她把自己和坏人锁在了里面。

根据目前的信息，读者还不知道凯拉和她前夫的关系，也不知道她为什么会失去孩子的监护权。我们毕竟才看到第 15 页。也许，为了增加一些主题元素，我应该揭露离婚的过程令人不快，以及她自愿放弃了孩子的监护权，因为她正在与抑郁症作斗争。离婚是凯拉自己的选择。尽管凯拉是那个想要摆脱这段婚姻的人，但她仍然心怀怨恨，因为她认为那个穿着闪亮盔甲的骑士没能将她从沮丧中拯救出来。她一听到手机的铃声就惊慌失措，又莫名其妙地愤怒起来——这都是她前夫的错。如果他是个好男人，她就不会再次单身，一个人孤零零的了。为已经令人忧虑的境况再平添孤立，这增加了凯拉性格的丰富性和复杂性。

用物理上和精神上的孤立去磨练凯拉，让我的写作任务变得更容易——因为我只需充分利用孤立的每一面，让每句话都契合凯拉孤独和脆弱的现实，或者预示着孤立可能带来的后果。由于这种孤立是情境与角色的内在属性，悬念也会在此过程中自然形成。

物理孤立：孤身一人

设想一下一个人孤独终老的各种方式。无论是什么场景，想象一下独身一人在其中是什么感觉。有些人会害怕；有些人会愤怒；有些人会随机应变、逃避、应付或制定策略；有些人会呆住或陷入恐慌；有些人会因心脏病发作而死亡；还有些人则因悲伤或自怜而泣不成声。表6.1列出了导致物理孤立的各种情形。请注意，这些例子涵盖了从纪实文学到纯文学小说、从回忆录到儿童文学的一系列体裁。不管在哪种体裁之中，物理孤立都能发挥强大作用。

社交孤立：感受孤独

一些最辛酸和扣人心弦的故事总是围绕着社交孤立展开。有确切研究结果表明，没有疼爱，婴儿就无法健康成长。不仅如此，有时他们甚至会死去，或成为连环杀手。连环杀手都有一个显著特点：他们从孩童时期起就没有同伴。他们中有些人是胖子，常被人戏弄和欺负。还有一些孩子患有学习障碍，笨手笨脚，或从学期中才开始学习。这些孩子身上都有过不幸的经历——也许当他们还是襁褓中的婴儿时就缺乏爱抚——他们从未学会如何与他人建立融洽关系、处理别人的批评或同情他人。社交孤立就像老虎钳一样钳住了角色。因此，整个故事都可以围绕着社交孤立带来的问题展开。

表6.2描述了角色发现自己处于社会主流之外的情况。他们如何应对社交孤立都是相关故事的主题。请注意，社交孤立这个主题是可以超越体裁的；以下示例来自爱情小说、纯文学小说、回忆录及少年小说等文学体裁。

表 6.1　物理孤立

场景	情节和主题示例
迷失在荒郊野地之中。	《迷失卡塔丁山》(Lost on a Mountain in Maine)，多恩·芬德勒口述、约瑟夫·B. 伊根撰稿，1978 年，真实冒险故事/回忆录
在一个荒岛上与文明隔绝。	《鲁滨逊漂流记》(Robinson Crusoe)，丹尼尔·笛福著，1719 年，纯文学小说
在筏子上漂流于鲨鱼出没的水域。	《坚不可摧：奥运名将二战漂流纪实》(Unbroken: A World War Ⅱ Story of Survival, Resilience, and Redemption)，劳拉·希伦布兰德著，2010 年，纪实文学
被锁在阁楼里。	《简·爱》(Jane Eyre)，夏洛蒂·勃朗特著，1847 年，纯文学小说
被扔进老鼠出没的地牢。	《浪漫鼠德佩罗》(The Tale of Despereaux: Being the Story of a Mouse, a Princess, Some Soup and a Spool of Thread)，凯特·迪卡米洛著，2004 年，儿童文学（三年级以上）
被判单独监禁。	《独居》(Solitary)，亚历山大·戈登·史密斯著，2011 年，少年小说（八年级以上）
被判在一个没有窗户的软垫牢房①里生活（和死去），那里没有灯光，看不到任何人，也无人可以交谈。	《公主：沙特王室公主面纱后的真实故事》(Princess: A True Story of Life of the Veil in Saudi Arabia)，简·萨森著，1992 年，纪实文学/回忆录

---

① 软垫牢房（padded room）：软垫牢房或房间一般多用于精神病院，在房间的墙上甚至地板上装上软垫，以防止病人或犯人自伤。——译者注

表 6.2 社交孤立

情节和主题

场景	示例
一个压抑而无聊的郊区家庭主妇因自身的存在感而焦虑。	《狂妇日记》(Diary of a Mad Housewife)，苏·考夫曼著，1967 年，女性小说
一名青少年被熟人强奸后的抑郁及随之而来的被排斥。	《我不再沉默》(Speak)，劳丽·哈尔斯·安德森著，1997 年，少年小说
未确诊的临床抑郁症。	《钟罩》(The Bell Jar)，西尔维亚·普拉斯著（首次出版时使用了维多利亚·卢卡斯的笔名），1963 年，纯文学小说，通常被认为是半虚构小说（根据事实创作的小说）
一个被阿米什人孤立的落跑新娘。	《闪避》(The Shunning)，贝弗利·刘易斯著，1997 年，爱情小说
一名失去了两根手指的爵士钢琴家将自己隔绝于他喜爱的音乐之外。	《爵士音乐家传奇》(No Matter How Much You Promise to Cook or Pay the Rent You Blew It Cauze Bill Bailey Ain't Never Coming Home Again)，埃德加多·维加·扬克著，2003 年，纯文学小说
一个患有陌生环境恐怖症的男人，意识到他的孤独命运与他患有自闭症的双胞胎妹妹有着不可避免的联系。	《双生：回忆录》(Twin: A Memoir)，艾伦·肖恩著，2011 年，回忆录
一个尼日利亚移民在情感上的困惑和孤独，在经济上的难以为继。	《美国佬》(Americanah)，奇玛曼达·恩戈兹·阿迪契著，2013 年，移民小说

孤立驱动性格变化

你应该还记得在案例♯2 的回忆录中，艾尔十几岁的儿子斯图尔特又一次被捕了。我们不知道原因。但如果想突出其中的孤立元素，我们可以创造一个幕后故事，对斯图尔特的噩梦——郊区生活的常态——进行详细阐释。

艾尔的妻子玛丽被强奸了，还怀孕了。她笃信宗教，强烈反对堕胎，因此决定生下这个孩子。玛丽打算把孩子送人收养，但她那爱评头论足的母亲使她感到内疚，她只好把孩子留下。玛丽留下了孩子，她认为这没什么错，且合乎伦理。但她当时不知道的是，她无法爱这个孩子。她总是给斯图尔特干净的衣服、健康的食物，但从不拥抱、亲抚他，也没给他读过故事。事实上，每当玛丽看到他，强奸的画面就会充斥她的脑海。在他六个月大的时候，她就讨厌他了。艾尔也有他自己需要面对的困境：对玛丽决定留下孩子的愤恨，因愤恨而感到的羞愧，以及因为他也不能爱斯图尔特而感到的愧疚。当玛丽用沉默逼走斯图尔特时，艾尔过度补偿了儿子，扮演了一个慈爱的父亲角色，并认为没人会发现他的秘密。斯图尔特不知道他是强奸犯的孩子。他只知道自己不为父母所爱，却不知道为什么。从黑色的绝望到苍白的伪装，这个场景里充满了孤立元素。

现在，我知道了艾尔和玛丽的秘密，知道了他们孤独的本质，我写的每一句话都会传达出一种庄严。但如果没有事先深入他们的幕后故事，没有理解他们社交孤立的本质和根源，这是不可能做到的。艾尔认为他的回忆录不应太正式，但结尾却更多地体现了主旋律。需要留意的是，我不会通过阐述来揭示幕后故事；相反，我会用事件来展示孤立是如何在此时此地出现在这些人物身上的。

我可能会写这样一个场景：晚饭后，艾尔正将碗碟放入厨房里的洗碗机。就他一个人。玛丽已经拿着正在看的一本爱情小说上床去了。斯图尔特和他的一个朋友——另一个叫汤姆的弃儿——正坐在后门廊上谈论女孩子。艾尔无意中听到汤姆谈论他英语课上一名叫安迪的女孩。汤姆说以前从没有特别留意过安迪，直到老师叫她读《出卖》(Sold，帕特丽夏·麦考密克2006年出版的小说，入围了美国国家图书奖的决赛) 的开篇简介。

> **常见问题解答**
>
> 问：我正在写一个家族传奇故事，其中一个角色是古怪的科学家，独来独往。他成长于一个充满爱的家庭。就角色本身而言，没有什么孤立元素。他只是爱看书。我是否需要添加孤立元素？
>
> 答：我认为你的观点很有道理。我哥哥迈克曾是名电气工程师。我还记得有一次我去参加家庭聚会时，他坐在角落里阅读最新一期的《科学美国人》。那时，我大约七岁，迈克十七岁。偶尔有人过来，他会和他们愉快地聊一会儿。当他们离开时，迈克又会拿起他的杂志。他从不去找任何人，但当别人来搭讪时，他也乐于倾听。在开车回家的路上，迈克不停地说着那个聚会有多好多好。我记得当时被逗乐了，现在回想起来，仍然觉得好笑。书虫的自我孤立是角色的内在元素，已经构成了一种社交张力。如果让我以哥哥为原型写一个角色，我会把重点放在这个悖论上——迈克是一个喜欢与人交往的独行侠。

斯图尔特乐不可支。他说："我才知道原来女人读书可以这么大声。"汤姆继续谈论安迪，完全没有意识到斯图尔特刚才对他妈妈的尖刻评价。斯图尔特的母亲从未给孩童时的他读过故事，这也影响到了他对女性的看法。艾尔听懂了斯图尔特对母亲的讽刺，他希望过去的自己可以对斯图尔特好一点，希望自己曾是另一种人。他洗完碗，然后就上楼睡觉了。

写出情感真相

不管你所写的孤立是字面意义上的，比如李·柴尔德笔下的游侠杰克·里奇，他没有家，行走时只带着一把牙刷，还是隐喻性的，例如基于同样的"展示而非讲述"的原则（所有优秀写作的一项标志），我描写了主角乔西·普雷斯科特的第二故乡新罕布什尔崎岖、孤独的海岸，都需要找到使情感显化的词语。正如安东·契诃夫所说："不要告诉我月亮在闪耀；让我看到玻璃碎片上闪光芒。"当你不断打磨故事中的情感真相，而非在引人共鸣的情感问题上闪烁其词，就能逐渐强化故事的重要性。你需要寻找新的方式来揭示人类状况的真相——因为读者渴望了解自己和他人。

> **孤立可以被隐藏在普通场景中**
>
> 　　设想一下，根据以下这些关于孤单寂寥的名言，你可以写出多么令人难忘的故事：
>
> - "一进监狱就等于是被活埋了。"（查尔斯·狄更斯，在参观了宾夕法尼亚的一所监狱后）
> - "担任首相是一项孤独的工作……你不能从人群中领导国家。"（英国前首相玛格丽特·撒切尔）
> - "这里有如一片广袤的沙漠——一个有穹顶和尖塔的孤独之地，虽有百万同胞，异乡人却只能感受到孤寂。"（马克·吐温描述纽约市）
> - "我十九岁时很抑郁。每天回到公寓后，我就呆坐着。那里很安静，也很孤独，仿佛静止了一样。房间里只有我和一架钢琴。还有一台电视，我会一直开着它，只是为了感觉有人和我在一起。"（流行歌手嘎嘎小姐）
> - "大多数人生活在平静的绝望中。"（作家、自然主义者、废奴主义者及哲学家亨利·大卫·梭罗）
> - "谁能了解真正的孤独？它不是传统上的词意所指，而是赤裸裸的恐惧。孤独的人总是看不清孤独。最悲惨的弃儿只拥有一些回忆或幻觉。"（作家约瑟夫·康拉德）
> - "很奇怪，没人不认识我，但我却感到异常孤独。"（理论物理学家阿尔伯特·爱因斯坦）
> - "据我所知，白人女性从不孤独，除非在故事里。白人男性喜爱她们。黑人男性渴望得到她们，而黑人女性为她们工作。"（作家玛雅·安吉罗）
>
> 　　看看这些杰出人物的生活，你会奇怪地问：他们也会孤独吗？有一个教训要谨记在心：我们永远不知道在我们的邻居、亲戚或朋友的心里藏着什么秘密——我们常常对自己都了解甚少。
>
> 　　人类总是倾向于呈现自己的快乐表情，这反映了对孤立的另一种思考方式。从定义上来说，让他人只能看到我们的一面其实是在孤立自己。然而，如果说真话会让你遭到奚落或攻击，那为什么要暴露你的恐惧、羞耻或秘密呢？又有什么理由让角色去暴露呢？
>
> 　　作为一名作家，你可以利用这种人类共有的特质来构造可信的行动场景、建设能引发共鸣的主题及创造出让人共情的角色。

用隐喻阐释孤立

你对孤立的感觉描述得越具体，所传达的潜在信息就越令人难忘。为了将无形的想法和情感写得真实，你可以考虑使用隐喻。

你肯定知道，明喻是一种修辞手法，用"如"或"像"这样的词语来比较两个明显不相关的事物。例如，这句话是一个明喻："老公的臂弯就像是我的避风港。"隐喻也是一种修辞手法，也是比较两个明显不相关的事物，只是不用"如"或"像"这样的词语。上面的例子也可以写成隐喻："老公的臂弯就是我的避风港。"经过延伸的隐喻可以更深入地挖掘暗指的作用，以突出对比，或强调其中的一个元素。在2010年出版的回忆录《与一只比格犬较劲的真实生活故事》（*Fixing Freddie：A TRUE Story about A Boy, A Single Mom, and the Very Bad Beagle Who Saved Them*）中，保拉·穆尼尔使用大气压不断增强直至变成风暴的隐喻，来描述她的孤寂：

> 那时及随后的炎热夏日里，我并没有为伊希斯哭泣。我会在工作后回到小屋，喂狗，带它们穿过沼泽地。我会看愚蠢的情景喜剧和多愁善感的电影，与莎士比亚和弗雷迪（两只狗的名字）一起坐在海边的星空下，喝着红酒，自怨自艾。我曾经是个爱哭鬼，但那次却没哭。

> 几周后，就在米奇回家之前不久，一场大风暴袭击了南岸。大风在小屋周围肆虐，倾盆大雨敲打着屋顶。波涛汹涌的湖面上泛起了白浪。我和狗站在带护栏的门廊上，那是倾盆大雨中唯一能保护我们的地方。电光一闪，把大池塘照亮了。雷声轰鸣，狗也大叫着回应。

> 暴风雨在我周围咆哮。大雨穿透护栏，不断地倾泻在门廊上，温暖的雨水溅在我身上，散成了水雾。我的眼泪也奔涌而下。当弗雷迪和莎士比亚在风中嚎叫时，我为那只照亮了我们生活十一年的

可爱的猫而哭泣。我也为米奇哭泣，他又要在普丽丝小姐家待上一个夏天。我还为自己哭泣，在八月这样一个风雨交加的夜晚，我独自在池塘边无人做伴，只有那两条越来越不听话的狗。

同样，《纽约时报》畅销书作家温迪·科西·斯托布在她2012年的惊险小说《守夜人》（*Nightwatcher*）中，通过著名的"空巢"隐喻揭示了一对夫妇的情感真相。"空巢老人"不是一个新鲜名词，但是科西·斯托布对这个老生常谈的话题背后复杂性的处理却一点也不显乏味。她不仅将抽象的思想和情感转化为看得见、摸得着、可以测量的东西，还能让读者享受发现的乐趣：

> 维克看向桌上相框中的照片。一张是去年他和凯蒂结婚二十五周年纪念日的照片；另一张时间更近一些，是去年六月，维克和他全部四个孩子在他双胞胎女儿的高中毕业典礼上照的。
>
> 女儿们几周前去上大学了。他和凯蒂现在是"空巢老人"了——好吧，按凯蒂所说，现在是她在管理这个"巢"，因为维克经常不在家。"那它到底是什么呢？是鸟巢还是鸡窝？"有一天他问她。她冷冷地回答："都不是。它是一个笼子，多年来你一直想飞出去，但你总能找到回来的路，不是吗？"
>
> 当然，她是在开玩笑。没人能像凯蒂那样全心全意地支持维克的事业，不管这些年来他有多少个夜晚不在家。毕竟，是她先提出让维克放弃他精神病学家的职业计划，转而加入了联邦调查局的。

创造独特的隐喻的确困难，可一旦成功，它们将使你的写作从平庸走向伟大。为了帮助你掌握这项关键技能，我设计了一台"隐喻制造机"。它包括五个步骤，如果同时采用，将有助于把隐喻创造过程具体化：

（1）用一个短句来概括你想要表达的抽象概念或情感（例如，"我们都会死，而且我们都会孤独地死去"）。

（2）把它写下来，同时写下五种感觉之一（在第四章中讨论过）和

"像"这个词（例如，"对死亡的展望看起来像""对死亡的展望尝起来像"，等等）。

（3）补全句子，让你的想象力自由发挥。

（4）从你的答案中寻找模型，然后确定主题。

（5）动起笔来。

一个弥留之际的人身边可能围绕着爱他的人和他所爱的人，但正如乔治·艾略特在1859年的小说《亚当·比德》（*Adam Bede*）中所写的那样，"在最后离别的那一刻"，他是孤独的。表6.3展示了如何用隐喻制造机将这个抽象的概念——"我们孤独地死去"——转换成一种能引起读者共鸣的、有意义的描述。为了演示这个过程，让我们从两个视域来看待同一个问题。第一个视域反映了一个还不想死之人的经历：一名年轻女子患有无法治愈的绝症。第二个视域反映了一个坦然迎接死亡之人的经历：一位老人不想与一个月前去世的妻子分离。

表6.3　故事行动中的隐喻制造机	
视域一：还不想死的年轻女性	
对这个角色来说，死亡的前景感觉起来就像是：	在寒风中，光着身子站在烧毁的森林里。 有挠不着的痒。
对这个角色来说，死亡的前景闻起来就像是：	炎热夏天路边的垃圾。 发霉的房子。
对这个角色来说，死亡的前景尝起来就像是：	烧焦的羊排。 腐烂的柠檬。
对这个角色来说，死亡的前景看起来就像是：	火灾摧毁整个森林后留下的黑树桩。 一个多云的夜晚，从悬崖上向外凝视所看到的场景。
对这个角色来说，死亡的前景听起来就像是：	渐渐消失的警报声。 一个小孩的哀嚎。

视域二：坦然迎接死亡的老人	
对这个角色来说，死亡的前景感觉起来就像是：	脱下太紧的鞋子。 经历数周的雨水和泥泞后，在一个阳光明媚的日子里，在柔软的草地上奔跑。
对这个角色来说，死亡的前景闻起来就像是：	晾在明媚阳光下的干净棉布床单。 一个刚摘下的西红柿。
对这个角色来说，死亡的前景尝起来就像是：	炎热夏天里的一个香草冰激凌蛋筒。 寒冷冬天里的一杯热巧克力。
对这个角色来说，死亡的前景看起来就像是：	在一个阳光明媚的春日午后，开满了野花的牧场。 海上的日落。
对这个角色来说，死亡的前景听起来就像是：	夜里叮当作响的风铃。 一个两百五十人参与的哈利路亚大合唱。

你会注意到表6.3中提出了一系列问题。这种方法是一种头脑风暴技术（隐喻制造机中的第三步）。注意：没有唯一正确的答案，正确的答案数不胜数。

最好的策略是站在角色的角度考虑问题，想出尽可能多的点子。然后在第四步中评估前面的工作。当进行头脑风暴时，应该尽量将创造性过程与批判性过程分开。在思考新点子的时候进行批判，无疑会阻碍工作的进展。你可以这样想：第三步只求数量；第四步才是对选项的筛选，要求质量。

你应该已经注意到了，在表6.3中，对于五个感官提示，每一个都包含两个示例。而你应该尽可能地多写一些。有些人喜欢设定时限，例如，为每个感官提示预留三十秒的时间，然后看看自己能想出什么。另一些人则喜欢慢慢来，深入场景，让自己在脑海中感受、观察或倾听。你可以先做尝试，再根据自己的情况做出适当修改。

在完成了头脑风暴过程（第三步）后，就该进入第四步，去寻找模式了。思考第一个视域，五项感官提示中有三个回答提到了烧焦的东西。在第二个视域中，你应该已经注意到了几个与晴天相关的答案。

最后一步是起草一些包含这些意象的句子。在下面这个例句中，请注意来自第一个视域的燃烧意象是如何与虚空联系在一起的：

伴随着咽下最后一口气，她落入一片被烧焦的森林，那里是生命的废墟；之后就跌入了一个只是充斥着灰烬和焦炭的深渊。

另一位有着不同风格的作者可能会这样写道：

嘎吱，嘎吱。枯木在脚下破碎。她独自踏过焦炭，进入无尽的黑夜。嘎吱，嘎吱。

关于第二个视域，也许有作者这样写：

他把脸转向太阳，笑了。今天是个离开的好日子。

使用相同的意象，另一位作者可能会这样写道：

他跑过草地，不是真的草地，也不是今天的草地，那是在梦中召唤他的草地，而他响应了召唤。

或者，如果过紧鞋子的意象比晴天更吸引你，你可以这样写：

在最后的微弱呼吸中，他感到了一种解脱，就像很久以前，在工厂里孤独地走了一天之后，他终于脱下了过紧的鞋子。

现在，你可以使用下面的隐喻制造机来帮助你表达无形的想法和情感，比如孤立。比喻越具体，读者就越会觉得它真实，就越会对你所传达的意象和信息感兴趣。

对照表 6.4 对场景做个总结，描述一下某个你想给出隐喻的抽象概念或角色。然后，想出一个或多个具体的图像来表示前面写出的抽象概念或角色。完成此步骤后，在你的答案中寻找模式以确定主题。

无论你的故事体裁或情节如何，孤立角色或让角色应对孤立的后果都有利于增强故事的张力、筑牢悬念的基础。角色的孤立历史可以解释那些恶毒之人的异常行为，对主角的实时孤立也可以测试他们的英雄气概。恰当运用孤立的这些能力能助你驾驭悬念的力量。

表 6.4　隐喻制造机	
对这个角色来说，某（插入抽象概念）感觉起来就像是……	
对这个角色来说，某（插入抽象概念）闻起来就像是……	
对这个角色来说，某（插入抽象概念）尝起来就像是……	
对这个角色来说，某（插入抽象概念）看起来就像是……	
对这个角色来说，某（插入抽象概念）听起来就像是……	

在第七章中，我们将继续深化将角色塑造作为一种写作策略的研究，以构建故事并编织可信的情节。我们会探讨如何利用"人们倾向于相信自己所见"这一特征，去塑造扣人心弦、充满悬念且出人意料的情节。

第七章　为故事增加精彩一笔

人的本性不是黑与白,而是黑与灰。

——格雷厄姆·格林

了解人类的本性

有一种方式可有助于思考人性，那就是利用红鲱鱼谬误①来控制读者的感知。红鲱鱼谬误通常出现在犯罪小说里，但其实所有体裁的作者都可以运用它。回忆录、纯文学小说及纪实文学都能从中受益，因为它能够为情节和角色塑造添加复杂的层次。

犯罪小说作家会利用红鲱鱼谬误给无辜者涂上有罪的色彩。这让我们清醒地认识到自己的责任，那就是我们作家拥有令人生畏的力量。我们的措辞可以使读者相信无辜者有罪，还可以将有罪之人释放。如何运用这种力量决定了我们的故事将被如何看待——是公平竞争的解谜活动，还是在魔鬼怂恿下的背叛故事。

红鲱鱼谬误可以是整体结构上的，也可以是视觉上的；它们可以是微小的细节，也可以是全面的观察；甚至可以通过潜台词来引入它们。制造虚假线索的红鲱鱼谬误又可分为三大类：

- 人性：人们的想法和行为。
- 细节：描述中包含或遗漏的内容。
- 专业知识：人们了解或不了解的东西。

利用红鲱鱼谬误——人性

人是古怪的生物。但我们的古怪和特质是可预见的，你可以利用这种

---

① 红鲱鱼谬误（red herrings）：指辩论中常用的一种策略，即转移话题谬误，就是把一个不相干的话题以一定的技巧穿插进来，把对方注意力和讨论方向转移到另一个论题上，从而赢得论战。在小说写作中，可以简单地把它理解为作者有意插入的干扰因素，以此影响读者的判断，增加故事的悬念。——译者注

> **"红鲱鱼谬误"一词的起源**
>
> 据说在18和19世纪,驯狗师发明了一种新技术来训练他们的猎犬。经过正式的训练之后,猎狗们需要接受最后一项测试:如果把一条红鲱鱼(一种熏鱼)放在途经的小路上以迷惑它们,它们还能追踪到潜在的气味吗?如果猎犬能追踪到潜在的气味,它就合格了。然而,如果它循着红鲱鱼的气味去了,那就说明它需要更多的训练。最近,《牛津英语词典》更新了它的词条,并指出这个词最初是由记者威廉·科贝特在1807年为《英格兰政治周报》撰写的一篇文章中使用的。科贝特还讲了一段逸事,讲述他小时候如何用红鲱鱼转移猎狗的注意力,让它们不去追踪猎物。在科贝特看来,这篇明显虚构的报道是为了阐明新闻界的玩忽职守。新闻界没能追踪政府在处理重要国内问题上的进展,却在英国打败拿破仑的消息上分散了注意力。不管红鲱鱼谬误的起源是什么,作家都是用它来误导读者的。它是一种叙事元素,能够转移读者对潜在真相的注意力,同时为故事增加悬念和趣味。

可预见性来迷惑读者。当我们探讨红鲱鱼谬误的第一大类——人性时,请注意,你有众多的选择,可以根据自己的需要做出调整。

红鲱鱼谬误之整体结构

在欧文·肖的《夜工》中(同样在第三章中有过讨论),关键的叙事问题是小偷是否会被抓住。事实上,肖利用盗窃案和随后的调查作为一种手段,让故事随这个小偷走遍世界而发展。我们看到他用偷来的钱医治眼睛,买漂亮的衣服,去迷人的度假胜地旅游。在那里他遇到了一些人,这些人开拓了他的视野,并最终使他学会珍视现时的他。整体故事弧线并不是关于找回被盗的钱,而是关于重塑自我的超凡力量。被盗的钱就是整体结构上的红鲱鱼谬误。它之所以奏效,是因为肖对人的了解——我们喜欢弱者变成强者的故事,我们相信第二次机会,我们喜欢精彩的、对梦想的追逐。

用欺骗性外表迷惑读者

有时候,"外表是会骗人的"这一想法就足以制造一个红鲱鱼谬误。

假设你在写这样一个故事：一群朋友租了一间偏远的山间小屋度周末。在第一或第二章中，读者了解到有一个连环杀手在逃。他们还知道有个看守员在那里，但那群朋友都没见过他。第一天晚上，当雷雨肆虐的时候，朋友们正在厨房里准备晚餐。雷声隆隆，电光一闪，地下室的门突然开了，一个脸色阴沉、有着重量级拳击手体格的男人走进房间。灯忽明忽暗，然后熄灭了。在闪电的频闪照明下，这个人看起来很邪恶，是个异类——一眼看上去就像个嫌疑犯。但他不是凶手——他是在锅炉紧急维修好之前彻夜未眠的看守员。他在附近的小屋小睡了一会儿，醒来后，匆匆穿上几件衣服，甚至连头发都懒得梳一下，就从比尔酷门①进去，回去检查锅炉。他走上楼来向客人们作自我介绍。这名看守员就是红鲱鱼——读者仅仅因为他的外表和举止就会被误导。

从众效应谬论

一种有效的、基于人性的红鲱鱼谬误是从众效应谬论。它是一种有缺陷的逻辑思维的产物。因为某物的流行而被吸引，再以此为基础去主张一种观点时，就会产生这种谬论。

假设你在写一部爱情悬疑小说，其中一个角色叫维奥莱特，爱嫉妒。她对在玛丽和汤姆的关系中嗅到一丝裂痕而不无欣喜：虽然汤姆收到了邀请并做出了回复，但他并没有参加玛丽家的聚会。维奥莱特悄悄地将这件事告诉了一个熟人，她说：玛丽一直都有点傲慢，看看她现在的下场吧，真是罪有应得。很快，附近所有的女孩都加入了这个话题，让同样的故事在邻里流传。它成为该事件的流行版本。用现在流行的话来说，这叫都市传奇②。然而，它的流传程度与它的正确性无关，这就是从众效应谬论——但你可以把它当作红鲱鱼谬误加以利用。

---

① 比尔酷门（Bilco doors）：一种进出地下室的门，常与地面呈45°角倾斜，多见于国外。——译者注

② 都市传奇（urban myth）：也可以用 urban legend 表达，指街谈巷议的传闻或趣事。——译者注

> **可以利用的三个常见谬论**
>
> 　　从众效应谬论并不是唯一可以用来制造悬念的逻辑缺陷。这里还有三种谬论可供使用。
>
> 　　**人身攻击谬论**：此词来自拉丁语，意思是"对人"。当你攻击某人而非他的论点时，你希望在不用反驳的情况下削弱对方的论点。人身攻击可以采取公开对抗的形式，或者对对手的性格和可信度进行更微妙的质疑。在一部政治惊险小说中，你可以让其中一位候选人温迪冷静而理性地提出修改税法以堵塞漏洞的理由。她的对手米奇窃笑着，然后问观众："你们真的能相信一个没有孩子的女人说出的话吗？她懂什么叫量入为出吗？"你会注意到米奇的反问并没有对温迪的税收提案给出什么基于事实的主张。但根据上面所写内容，你成功地转移了读者的注意力，让他们不去考虑提案本身的优点，转而认为温迪根本不应该参加竞选。
>
> 　　**无知谬论**：这种谬论根据缺乏相反证据而支持或否定某一观点。例如，我们没有证据证明来自火星的小绿人渗透进我们的政府，因此，这意味着它们不存在吗？对某物的无知不能说明它的存在或不存在。换句话说，虽然没有证据证明来自火星的小绿人渗透进我们的政府，但并不意味着这件事不存在。
>
> 　　**不当结论谬论**：用看似不相关的事实去描述某种因果关系，即使事实上不存在任何因果关系，也会产生说服力。例如，夏季强奸案的发生率会上升，蛋卷冰激凌的销量也会上升。然而，没人会认为蛋卷冰激凌的销售会导致强奸案。

光环效应和恶魔效应

　　我们人类喜欢推断。如果一个人善待动物，我们就会认为他是不折不扣的好人——这种倾向被称为光环效应。同样，如果一个女人爱挖苦人，无缘无故地对每个人都冷嘲热讽，我们就会认为她坏得彻头彻尾——这就是恶魔效应。理解这些倾向可以让你创造出不可靠（但可信）的叙述者、令人费解（但有逻辑）的情境和复杂（但可信）的角色。相比现实，人总是更愿意相信感知。

例如，如果你读到一个女人在老年中心做志愿者，大多数人会认为她有能力、聪明且友好。通过在前一章中介绍她是一个乐于奉献的志愿者，没有人会怀疑她是凶手，或者认为这样一个好人会和已婚男人搞婚外情，又或者是个小偷，因为她为光环效应所笼罩了。

同样，如果你描写了一名经常迟到的员工，读者很可能会认为他在工作中还有其他的负面问题。他很可能不称职、工作马虎，或者很懒。这是恶魔效应发挥作用了。后来，当我们得知该员工正在照顾一个残疾儿童，直到日间护士到来才可以去上班时，我们的看法就会发生转变。我们此刻又会觉得他像英雄，不会造成任何伤害，这是给他戴上了光环。而当我们得知他真的是凶手时，难道不会感到惊讶吗？

思考一下如何在小说中使用这些策略。你可以创造一组角色，他们都对某个人有积极的看法——就叫他约翰尼吧。约翰尼是一名新员工，有传言说他积极进取，是一个真正的实干家（请注意这是从众效应谬论）。

约翰尼相信了关于自己的传言，开始变得更加自信。他的信心激励了其他人给予他帮助。由于别人的帮助和支持，约翰尼成功了。而一些与对他的看法不相符的品质则很容易被他的同事忽略。例如，他们忽略了他有时甚至很尖锐的讽刺，有可能是他们没留意到，也可能是他们选择性忽略了。他们为他偶尔的乖戾找借口，互相解释说他今天很辛苦，对于承担了这么多工作的人来说也很正常。换句话说，约翰尼也有不好的一面，只是没人会承认。我可以让约翰尼做一些卑鄙的事情，如果我写得足够好，他的一些同事，甚至是大部分人，都不会相信那是他干的。

利用好人性，每次你都能达成目的。

利用红鲱鱼谬误——细节

红鲱鱼谬误的第二大类与包含或省略的细节有关。还有一种真正令

> **常见问题解答**
>
> **问**：我在写一本回忆录，讲述我和我父亲的关系，我发现他竟是个重婚者。他是一名医疗设备销售代表，所以他经常出差。他死后，我们从他保险柜里的文件得知他在另一个州还有另一个家庭。我喜欢把他描述成我所了解的那个样子——慈爱、快乐、专注——后来发现那只是表象。你有什么建议，可以让事实的揭露不会显得过于戏剧化？
>
> **答**：首先，这种情况本身就具有戏剧性，所以你应该给予它应有的重视。我不担心会过分强调它。其次，我建议你不要"描述"你父亲的慈爱、快乐和专注；相反，写下一些相关事件，让读者亲眼看到他是什么样的人。采用这种"不直接告诉"的方式意味着读者将通过你的眼睛来看待你的世界——而光环效应将发挥最大作用。当你再次通过事件而非叙述来揭示真相时，读者无疑会对你的震惊和失望感同身受。

人愉快的可能——让角色错误地解读一个已知事实，甚至在一次随意的交谈中提到一个细节。通常情况下，让人生疑的细节是描述中的一个特殊元素——一个被撕破的裤子褶边，而没有解释它是如何被撕破的；或者当花园里所有的玫瑰都是黄色时，花瓶里出现了一支红玫瑰。

在一部历史推理小说中，有一个叫夏洛特的角色说：

> 洛蒂，这是怎么回事？裤子褶边破了你没注意到吗？你肯定会把它弄破的，因为你会被绊倒，对吧？反正我是这样的！就像那次我和芙罗拉一起溜达时，算了，不重要……我敢说安娜昨天在斯特利家的楼梯上也把裤边弄破了……你注意到那些台阶有多窄了吗？还很陡。要我说，这种意外迟早会发生。

由于你选择现在还不告诉读者，因此他们还不知道的事实是：安娜为了躲避乡绅令人讨厌的求爱而弄破了裤边，因为她被小路上一条看不见的树根绊倒了。至于那朵红玫瑰，是乡绅送给她的，就在她去村里的路上第一次经过乡绅家的花园时。在安娜从他的怀抱中挣脱出来后，她只顾着逃跑了。她没有意识到回家的路上她一直抓着那朵花。当她最终到达安全的地方时，她才注意到还拿着它。又因为她是一个善良的女孩，不忍心把它扔掉，所以她把它插在了她事先准备好的黄玫瑰花瓶里。

你注意到了夏洛特是怎么说她和芙罗拉一起散步这件事的吗？我敢打赌你们很多人都没想过这件事。但我现在问你们：她为什么要提起这件事？是随便提到的吗？这是否预示着一个重要的线索即将出现？或者说是个红鲱鱼谬误？那些撕破的裤边是不是呢？

你掌握着大量细节，但要有所取舍，只需保留那些有助于揭示角色或预示情节的重要内容。能用作红鲱鱼谬误的细节当然也是需要的，但要去除那些会发出危险警告的细节。后者是一种特别有效的技巧，如果不将会发出危险警告的细节去除，读者一旦稍加思考，就会对后面的情节有所察觉。`

例如，在阿瑟·柯南·道尔爵士1892年的短篇小说《白额闪电》（*Silver Blaze*）中，福尔摩斯能破案是因为狗没叫：

"你有什么要提醒我的吗？"

"关于那只狗在夜间发生的怪事。"

"那只狗晚上没有任何动静。"

夏洛克·福尔摩斯回答道："这真是一件怪事。"

要制造悬念，你可以先植入细节。过一段时间，告诉读者某个相关细节，但不要透露得过于具体。再过一会儿，当悬念达到高潮时，你再解释。事实上，你可以将这项策略与TRD联系起来。

表7.1演示了如何在家庭惊险小说案例♯1中使用这种技巧。

看到这里，你有心突然凉了的感觉吗？如果你把细节作为增加悬念的工具，那读者将舍不得放下你的故事。请注意，我让巴拿马帽第一次出现在凯拉一系列观察目标的中间。比起包含在中间的大量信息，人们更容易记住开头和结尾，所以将重要信息隐藏在大量信息的中段是一个聪明的方法，既能隐藏细节的重要性，又没有过分难为读者。

	表 7.1　案例#1 中的红鲱鱼谬误
大约第 160 页	凯拉仍然很害怕。在冲向她租来的车之前，她先小心地向窗外观望着。一名年轻女性牵着个学步的孩子在人行道上慢慢地走着。一个戴着老式巴拿马帽的中年男子看了看手表，然后环顾四周，好像在等一个迟到的人。一个戴着包裹式墨镜的男人坐在一辆深红色的休闲越野车里，盯着前门。两个穿着成套蓝色慢跑服的人跑了过去。她的同事玛琳从侧门离开，跑过停车场，上了那台休闲越野车，与车上的男子亲吻。当凯拉回头看时，那个戴着巴拿马帽的男人已经消失了。她想一定是有辆车在她看着玛琳的时候停下来过。带着孩子的女人在拐角处消失了。慢跑的人又原路返回了。
大约第 280 页	凯拉在图书馆研究 20 世纪 20 年代以来附近发生的所有谋杀案。由于图书馆还没有完成将微缩胶片档案转换成数字文件的工作，她正坐在一台老式微缩胶片阅读器前阅读报纸文章。一个戴着巴拿马帽的男人引起了她的注意。凯拉想知道巴拿马帽杀手是否正在卷土重来。
大约第 360 页	凯拉走进她的房子，看到一顶巴拿马帽挂在楼梯中柱上。

利用红鲱鱼谬误——专业知识

红鲱鱼谬误的最后一大类是专业知识，即谁知道什么、谁不知道，以及为什么。想想有多少你不知道的事情。你如果不是一个美食家，会注意到有人用瓶装柠檬汁而不是鲜榨的柠檬汁烹饪吗？除非你有一种训练有素或灵敏的味觉，否则这种差别对你来说没有任何意义。我在"乔西·普雷斯科特古董悬疑"系列中经常使用这种红鲱鱼谬误。乔西是一位古董评估师，她会发现外行人无法注意到的细节——她当然能发现了，她可是这方面的专家啊。

让我们假设有人走进她的商店想要出售一条古董表链。它是金色的，有14K①的标记。乔西从这一点上就判断出，这条表链不太可能是古董——大多数古董黄金都是18K，而非14K。即使这一事实有些不同寻常，但大多数读者可能会忽略它的重要性。

另一个利用专业知识的方法与此相反——信任一个错误的专家，如家庭律师或财务顾问。

在雷克斯·斯托特的《会飞的枪》（*The Gun With Wings*）中，尼禄·沃尔夫调查了一名歌剧演唱家看似自杀的案件。这名歌剧演唱家在与另一名男子斗殴受伤后，处于恢复中，他的喉部受损了。乍一看，似乎这名歌剧演唱家觉得自己再也唱不出歌来了，于是把枪放进自己嘴里，扣动扳机，子弹从后脑勺飞出。但法医证据表明并非如此。凶手是他的医生，提供上门服务，颇有名气。这个医生把手术搞砸了，不想让任何人发现这场医疗事故。非常聪明的情节设计，你觉得呢？你有喉咙痛的经历吗？想想那种经历——你担心自己的健康，很痛苦，这时医生让你张大嘴巴说："啊……"试问谁不会照做呢？于是，你仰着头，盯着天花板，等待医生的诊断。在《会飞的枪》里，那名可怜的歌剧演唱家根本没有选择。其关键点在于医生和病人之间有着特殊的关系。作为一种社会常态，医生总是无私的，对某些人来说，他们仿佛是神一般的英雄。利用好这样一个信念系统能够迷惑你的读者。

当然，这也是阿加莎·克里斯蒂的经典之作《罗杰疑案》（*The Murder of Roger Ackroyd*）隐藏的前提。最终真相的揭露被认为是犯罪小说中最具创意的情节转折之一。这也告诉我们：和专业人士打交道时要小心。

想想生活中你所托付的那些专业人士，如律师、会计师、出纳、银行人员、药剂师等。谁知道你的秘密？你信任谁？

---

① K（karat）：在珠宝首饰、金笔制造等行业中用来表示黄金的成色，通常简写为K，每K的含金量约为4.166%。——译者注

你也是专业人士

需要留意的不仅仅是那些你所托付的专业人士。如果只论专业知识，那么在关于你自己和你身边的环境方面，你也是专家。你的地盘由你做主。

让我们设想一个在家庭生活中使用这种专业知识的案例。凯拉（案例♯1，家庭惊险小说）带着一袋袋的杂货回家。她先把袋子放在台面上，然后开始把东西放进碗柜里。当她伸手去拉柜门的时候，她发现刀架上的一把削皮刀不见了。其他的刀都在：六英寸的多功能刀、锯齿面包刀，甚至切肉刀。削皮刀呢？凯拉立刻警惕起来。她看了看洗碗机，不在。她又看了看水槽，也没有。是不是不小心把它塞进了餐具抽屉里呢？她打开抽屉，仍然没发现。她知道找不到了。现在，她真的害怕了。

这就是使用你专业知识的方法！读者会紧张到停止心跳的。

融入红鲱鱼谬误

如要分层设置线索或红鲱鱼谬误，并以此制造悬念，重复类似事件是个可靠的办法。

在上面那个示例中，也许凯拉会在冰箱里找到那把刀。她忘记了自己在剥橙子时，妈妈的一个紧急电话打断了她手头的事情。她只是简单地把装着剥了一半皮的橙子和刀子的盘子放到离她最近的冰箱架子上。当她找到削皮刀时，她嘲笑自己，也许会开玩笑地说自己老了。在后面的故事中，也许凯拉会寻找一把开箱刀来拆快递。它不见了。凯拉在工作台上找到了它，但她不记得把它放在那里过。在故事的最后，当凯拉走近办公桌时，她看到记事簿上有她的切肉刀。

你感觉到脖子后面的汗毛倒立起来了吗？

刀子不断消失又重新出现的事实是无关的信息吗？还是说那些丢失的刀子是一种红鲱鱼谬误，用来告诉我们凯拉心事重重？

作家能否巧妙使用以上工具还面临着一个挑战：是把它们用作红鲱鱼谬误，还是当作故事核心。它们是魔术师的道具，而不是用来制造谎言的工具。就像魔术师变戏法一样，通过使用红鲱鱼谬误，你就能让读者产生错觉。只要融入得巧妙，读者会相信他们所看到的字面信息。

表7.2列出的问题是为了帮助你思考如何在故事中融入红鲱鱼谬误。在做练习时，请留意这些策略对制造悬念有何帮助。

表7.2 角色驱动的红鲱鱼谬误
● 是否有角色受光环效应影响？如果有，描述一下这个角色身上受读者喜欢的积极品质有哪些。 ● 是否有角色受恶魔效应影响？如果有，描述一下这个角色身上不受读者喜欢的负面特质有哪些。 ● 是否有角色需要用有缺陷的逻辑，比如从众效应谬论，来转移读者对重大问题的注意力？ ● 有什么细节可以隐藏在我们的眼皮底下吗？它是什么？你会把它放在哪里？ ● 哪些角色具有特殊的专业知识，让他们知道其他角色不知道的事情？他们都知道些什么？尽可能写具体一些。（不要简单地说一个律师懂法律，而要说他懂反永续规则①。） ● 你能将某项策略融入故事以加强TRD吗？怎么实现？

无论你是用传统方法使用红鲱鱼谬误，在推理或惊险小说中隐藏杀手的身份，还是以一种更宏大的方式，为不同体裁的故事增强情节的复杂性，它们都必须在故事和角色中有机流动，意即不能使它们显得矫揉造作。当读者最终获悉真相时，红鲱鱼谬误与情节交织得越是微妙，得到的回报就越大。

---

① 反永续规则（rule against perpetuities）：法律中的一项具体条文，主要目的是防止订立遗嘱者利用遗嘱在自己死后的长久时间里控制财产分割。——译者注

无论你将红鲱鱼谬误运用到什么程度，说到真相，请永远不要忽视保护无辜者的重要性。如果因为要将读者的视线从凶手身上转移开来，从而玷污了一个角色的声誉，那最后必须恢复这个角色的声誉。有罪之人必须得到审判，无辜之人也必须得到保护。做到这两点，读者就会对故事赞不绝口，也会爱不释手。不止如此，这样的故事也一定会得到出版社的青睐。

第二部分

写 作

第八章　增添少许惊喜

对我来说，故事就是带有惊喜的情节。因为生活本身就是如此——充满了惊喜。

——艾萨克·巴什维斯·辛格

玩偶盒效应

1962年，阿尔弗雷德·希区柯克和弗朗索瓦·特吕弗在5天共计50小时的马拉松比赛中讨论了他们的工作。两位伟大的导演和他们的英法翻译几乎没有停下来吃饭的时间。在这次谈话中，希区柯克给出了那个著名的"意料之外与悬念"的例子——炸弹理论[①]。他用这个例子说明了一个与普遍看法相反的概念，那就是悬念比意料之外更吸引人。

假设有一个场景，两个角色在咖啡馆里聊天，突然一颗炸弹在桌子下面爆炸了——这会让读者体验到意外。读者的情感和生理反应很可能类似于孩子第一次打开玩偶盒时那种让人心跳加速的肾上腺素飙升。还记得你第一次打开玩偶盒时的情形吗？与大多数人一样，你可能会被吓到，在那么几秒钟里，那种强烈的体验会完全支配着你。你的思维会陷入停滞，完全专注于刚刚发生的事情，注意不到其他。这就是意料之外的力量。

与以上体验相反的情形是：你看到一名男子接近咖啡馆，那里有两个人正在边喝咖啡边愉快地聊天。那名男子躲到一根柱子后，拿出一个老式闹钟，将指针拨到1点钟。闹钟被绑在一颗炸弹上。附近墙上挂着一个时钟，上面显示的时间是12点45分。你正看着秒针滴答滴答地走下去。12点49分，人们还在聊天。12点52分，有女人发出笑声。12点57分，他们喝完了咖啡。现在是12点59分了。现在感觉如何？与大多

[①] 炸弹理论（the bomb planted in the café）：炸弹理论是对希区柯克所说例子的总结。他曾举例说，有三个人在玩扑克牌，在牌桌下有一颗炸弹。如果只是讲述三个人玩牌，然后炸弹突然爆炸了，那么故事就毫无悬念。但如果事先将炸弹的存在告诉观众，再展示三个不知情的人在玩牌，那么观众就会时时刻刻关心炸弹什么时候爆炸。现在，炸弹理论作为一种营造悬念的手段，经常被用于电影或小说创作。——译者注

数人一样,你会屏住呼吸,等待爆炸发生,或者期待会有一名英雄冲进来拯救局面。向观众或读者展示正在发生的事件会带来 15 分钟的悬念,而直接爆炸只能带来 15 秒的意外感。

直接爆炸和预期会爆炸的不同之处在于:在后一种情况中,我们得到了充分的信息。意外是突然爆发,让你措手不及;而悬念是缓慢燃烧,让你深陷其中。

按照角色的感知或者他们希望的感知方式说出真相

让读者充分了解情况是犯罪小说的一个特点。传统推理小说通常会被构造成公平的解谜活动,读者只能从侦探的视角看世界。而在典型的惊险小说中,读者从一开始就了解主角与反派双方的意图。读者在观看反派以其狡猾和阴险的手段对抗善良又聪明的主角时,他们已了解到了全部信息。

犯罪小说的一个新趋势是利用不可靠的叙述者制造惊喜。从公平的角度来看,故事的叙述者需要说出他所看到的真相。如果叙述者撒谎,那必须是出于某些特定的原因,而且会随着故事的发展被揭示出来。例如,让一个角色写一本满是谎言的日记。我们就叫她布里安娜吧。由于这是本私人日记,布里安娜并没有把它展示给读者。乍一看,它像是与读者之间的一场不公平互动。然而,假设布里安娜打算杀了她的情人。一份记录过去几个月的日记,描绘出他们之间充满激情和忠诚的关系,将会成为警方调查的有力证据,如果有必要,它还能作为证据提交给陪审团。随着故事的展开,布里安娜不可靠的叙述变得合理。事实上,写日记这件事会让读者对布里安娜的远见和谨慎印象深刻。毕竟,这是一个绝妙的计谋。

情况的复杂性也与"意料之外"一词的多重含义有部分关系。读者不希望看到虚假的、勉强为之的或是缺乏连续性的意料之外。而恰当的意料之外总是能合理地发生在生活中,并自然地引发悬念。

当然,这就引出了一个问题:如果悬念比意料之外更扣人心弦,且效果更持久,那为什么还要使用意料之外呢?作为作家工具箱中的一个有效工具,意料之外有两方面的好处。首先,意料之外本身就让人愉悦;其次,它是将读者带入紧张气氛的最可靠方式之一,是悬念的基石。以下片段节选自"乔西·普雷斯科特古董悬疑"系列第八部作品《致命宝

藏》(Lethal Treasure)的第十二章，向你展示了如何在常规的交流中加入意料之外，使其朝着一个意想不到的方向发展。在阅读时，请留意乔西对这个意外的反应，以及它是如何改变乔西对斯科特的看法的。

"你还好吗？"我问斯科特。

他回头看了看我："我已经好多了。你呢？"

"一样。"

他点了点头，然后转过身去看雪："好一场暴风雪啊。"

我和他一起站在窗边。被风吹过的积雪让人很难猜测它的厚度，但看起来好像已经堆积了四五英寸。停在路边的深色汽车看起来像是披着白色的面纱，而白色的汽车像是隐形了。

"是啊。"我表示同意。

"天气预报怎么说？"他问道，"你知道吗？"

"没有准确的预报。天气预报员说要看上层风什么的。从一个熟悉内情的人那里，我听说能有两英尺。"

"两英尺……这可不是开玩笑。我不记得是否经历过两英尺厚的暴雪。"

"你是哪里人？"

"纽约……纽约也有很多雪，但有没有下过这么大的雪……我不知道……也许当时我不在那里。"

"我在纽约住过几年。那些大楼，还有地铁，大多数时候，还有人行道和道路，都会保持足够的温度，以防止雪堆积起来。"

"再说，洛基角这个地方，还要更靠北三百多英里。"

"那倒也是。"风向变了，雪花向一边旋转，布满了窗户。"今晚可不适合开车。"

"谢谢你的提醒。"他扭动了一下背部的肌肉。"安静的乡村周末到此为止了。"他摇了摇头。"你在这里多久了？"

"九年多，快十年了。"

"和纽约差别很大吧。"

"是的……不过我喜欢这里。"我微微一笑,"但我也爱纽约。我都喜欢。"

"利·安也是一样。这两个地方她都喜欢。"他看了看四周,然后又转向窗户,"他们已经和她谈了很长时间了。你知道是怎么回事吗?"

"我和她在一起待了一会儿,然后他们想私下问她一些问题……我猜是私人问题吧。"

他点了点头:"他们问了我很多私人问题,我甚至从来没见过那个人。"

"你的话能对他们有什么帮助吗?"

"谁知道呢?大多数时候我都回答'不知道'。我不知道是谁想杀他,不知道他们有没有经济上的问题,也不知道他们的婚姻是否濒于破裂。"

"真的吗?"我问,"我还以为你和利·安关系很好,她会跟你倾诉的。"

他的眼睛仍然盯着漫天飞舞的雪花。"当然,我们交流过。但你应该明白的,你只知道别人告诉你的事,对吧?开始你会感觉他们在向你吐露心声,但随后你会发现他们不过是在敷衍,并没有告诉你他们的真实感受。"他耸耸肩,"举个例子来说:我刚刚告诉你,利·安喜欢这里。也许她真的喜欢。或者她只是想让我觉得她喜欢这里。也许是因为不愿服输吧,你懂吧?"

"听起来你俩挺有渊源的。"

他转向我,活泼地咧嘴一笑:"也可以这么说吧。我们是十年前结婚的。"

"什么?"我愣了一下,然后笑了起来,享受着这难得的真正意外时刻。我希望听到的是一对恋人错过彼此的故事,而不是他们结婚的故事。"好吧,你刚才说得很明白了——谁知道孰真孰假呢。我不知道利·安结过婚。你们什么时候离婚的?"

"大约三年前吧。"他又转向窗户,"我是那个笨蛋……我爱上了一个叫娜塔莎的长腿金发女郎,就像电影里那样。也不知是谁说过,'没有比老傻瓜更蠢的了',这指的就是我,只不过我还没那么老。准确地说,当时我三十二岁。"

"约翰·海伍德说的。我爸爸做了一些改编,'没有比老傻瓜更蠢的了,除非是个小傻瓜。'"

"真有趣。也是事实。约翰·海伍德是谁?"

"一位婚姻美满的16世纪剧作家。他为四个宫廷工作,这在任何情况下都是一件了不起的成就。更了不起的是,他是一个虔诚且直言不讳的天主教徒,他所侍奉的四位君主之一就有亨利国王。我一直想知道为什么亨利国王没有把他斩首。"

"也许亨利国王喜欢他的戏剧,所以不关心他的宗教信仰。"

"可能吧。你娶了她吗?那个叫娜塔莎的长腿金发女郎?"

"当然。我不是说过我是个笨蛋吗?这场婚姻大约持续了二十分钟。其实是十五分钟,但我们离开教堂时被堵在路上了,所以也可以说是二十分钟吧。"

我笑了:"我很抱歉。我不是故意要笑你的。"

"放心吧。我都要笑我自己。"

"至少你意识到了错误,还改正了。"

"谢谢你这么说,但这并不能为我的愚蠢开脱。我笨得不可救药……我骗了利·安两年。"他左手握拳,轻轻地敲打着窗框,"我不好意思承认我把事情搞砸了,所以我告诉她一切都很好。让我们再重复一遍那句名言,这次让我们一起——你来念旁白,我来扮演有致命缺陷的英雄。'没有比老傻瓜……'"他耸耸肩。

"在你鼓起勇气告诉她真相之后,却发现她已经嫁给了亨利。"

"老天真是爱讽刺。"

"她说她有多幸福,可能是在骗你。"我说出自己的想法,"你是怎么来这儿的?"

"利·安认为我们可以成为朋友。她说我也许会喜欢亨利，亨利也会喜欢我。"他停顿了一下，脸上的表情从自嘲变成了忧郁，"这有点像用舌头摆弄一颗松动的牙。你知道会疼得要命，但还是会这样做。"

"你还爱着她。"

"当我和娜塔莎结婚的时候，我以为我爱上了她，我和利·安已经疏远了……你知道的，我以为我和利·安已经彻底没关系了。但我错了。事实证明，我只是在暂时的精神错乱中屈服于一时的情欲。倒不是我想模仿爱情小说里的人，但我的心是属于利·安的，一直都是。"

我们并排站了几分钟，谁也没有说话，我们都看着雪，各自想着什么。那时的我喜欢斯科特，他风趣、外向、开放。他还有杀人动机。

最好的意料之外能够增加对所涉角色的深刻见解，同时为后面的悬念铺路。正如乔西在《致命宝藏》的这段摘录中指出的那样，斯科特仍然喜欢利·安的事实让他卷入了对这起谋杀案的调查。正是因为这个意料之外，一个未被其他任何人留意到的角色变成了嫌疑人。

日常生活中的意料之外

那年冬天，八十三岁的母亲和我蹑手蹑脚地穿过商场的停车场。她告诉我，她讨厌像个老太太一样走路，总是要小心路上看不见的冰，总是要穿着老年鞋。她想穿上高跟鞋，展现她那价值百万的迷人双腿，与大人物一起迈开大步走。

一个星期后，她在一块冰上滑倒了，摔在人行道上。

"我"母亲的滑倒是意料之外。我给出了一些预示，但不足以使读者预见到它的到来。事件的意外转变是意料之外的标志，并有助于和悬念做区分。还要注意它与 TRD 的区别（在第三章中有过讨论）。

转折（T）是将读者带向一个与他们预期不同的方向，可能感觉上像是意料之外，但主要是反映情节的发展，而不是一次性事件。逆转（R）是将读者带向与他们预期相反的方向，感觉上也像意料之外，但也是用来反映情节的发展，而不是一次性事件。高危时刻（D）并不改变情节的发展方向，可能是意料之外，也可能不是。

为了牢牢吸引住读者，你需要将意料之外融入故事之中，沉着冷静地慢慢引出悬念。为了做到这一点，你还需要了解如何让意料之外更有效。

解析意料之外

意料之外有好坏之分，好如与挚友或亲属的不期而遇，坏如一个意外的癌症诊断。

但无论好坏，这些事情都有一个关键特征——意料之外。将意料之外融入你的故事中，可以让读者感到高兴、好奇、着迷、兴奋、感动、担忧及振奋。关键是要把它们与情节有机融合，而不是仅仅为了制造效果突兀地插入故事中。你会注意到，我是通过展示（而不是描述）母亲对摔倒的恐惧来设置她摔倒的情节的。考虑到当时的情况，这一意料之外合情合理。

构建意料之外

为了获得最佳效果，意料之外需要预先准备。要想让意料之外感觉自然，同时又能震惊到读者，你需要反方向思考。你需要知道角色会做出或说出什么与预期相反的事。你应该会记得，我的母亲更喜欢高跟鞋。相反的情况是，她穿着结实的鞋子、脚步沉重，却还是会滑倒。

在浏览表 8.1 中的例子时，请注意两个案例中所描述的意料之外是如何为角色增加维度、为情节添加趣味的。在全部例子中，意料之外之所以有效，是因为存在一种因果关系：结果会从意料之外中自然产生。

> **常见问题解答**
>
> 问：那意料之外的结尾呢？是否可以在最后时刻准备一个意想不到的情节，或者只插入一些能够引发悬念的意外情节？
>
> 答：意料之外的结尾并非别扭的造作式结尾，那样会让读者感到莫名其妙。"意外"是单一的、意想不到的事件，而不是一个充满巧合或荒谬的结论或"揭露"。也就是说，如果能处理得很好，使用出人意料的结尾当然是非常理想的。如果是这样一个结尾，能出人意料但又让人感觉非常合理，那自然会让读者非常开心。超级畅销书吉莉安·弗琳的《消失的爱人》(Gone Girl)和葆拉·霍金斯的《火车上的女孩》(The Girl on The Train)，都以完美融入的意料之外来结尾。
>
> 另一部畅销小说——朱迪·皮考特的《姐姐的守护者》(My Sister's Keeper)，则在结尾处进行了两次转折。一些评论家称，第二处转折毫无来由，且造作痕迹明显。但皮考特坚持认为它既必要又恰当。不管大家对这个结尾的看法如何，它都给人带来了意想不到的效果。犯罪小说中有种常用的可靠模式，那就是在杀手身份上平淡处理，但是在其作案动机上让人出其不意。例如，赛琳娜在邻里中素以孝顺母亲著称，而她母亲蒂娅的梦想是环游世界。赛琳娜每周日带蒂娅去教堂，周三则是去玩宾果游戏。在这部推理小说的结尾，人们发现凶手不是贪污犯、不是律师或其他任何我置入的嫌疑人，而是赛琳娜杀死了她的母亲，所有人都认为赛琳娜的动机是为了获得蒂娅的保险金。但赛琳娜已经为母亲的环球航行攒了十年的钱，钱不是动机，解脱才是。赛琳娜为了自由而杀死了她的母亲——蒂娅的告诫、指示和期望使她喘不过气来。赛琳娜也不能一走了之——她严格的宗教教育为她排除了这一选项。赛琳娜做出了决定，就按照蒂娅一直所说的那样，送蒂娅去天堂陪着爸爸。你对这样的结尾感到意外吗？它会给人带来思考，这也正是我们想要达成的目标。

意料之外能取悦读者，但必须小心规划。设置意料之外时，不能破坏故事和角色的完整性，还需要确保不能出现与故事格格不入的情况。例如，你不可能在写一部传统推理小说时，因为想添加一个意料之外而改变情节方向，将外星人定为凶手；也不能在写一部爱情小说时，让角色的神秘双胞胎替身在结尾前两章才出现。那不是意料之外，而是欺诈。

表 8.1　意料之外：因果关系

体裁：女性小说

背景：六十五岁的主角安妮懒散、寡言少语，梦想旅行，却没钱去任何地方。退休后的安妮开始了她的环球探索之旅。

意外元素：她曾经是图书馆管理员。

读者预期：安妮内向沉稳。

相反情况：实际上，安妮魅力四射、外向奔放。

解析：安妮在一家意大利餐馆遇到了一个帅哥，并和他有了一夜情。当安妮第二天早上醒来的时候，帅哥已经走了，还拿走了她的钱。这个小小的危机让读者觉得她的环球旅行具有很大的危险性。同时，这种不确定性也为构筑悬念提供了帮助。

体裁：青少年超自然小说

背景：在一场棒球比赛中，十七岁的汤米被一记直线球击昏，之后却让他有了读心术的能力。起初，他认为这很有趣，之后却意识到，知道别人的秘密是一种沉重的负担。

意外元素：汤米的母亲讨厌他的父亲。

读者预期：汤米与母亲对质，要求她做出解释。

相反情况：汤米请教了他在谷歌搜索中找到的占卜师，并学会了将他新获得的读心术转化为改变心术的能力。

解析：汤米把对父亲的爱植入母亲的大脑，但他不知道，这样做会产生瞬间吸收注意力的副作用。例如，一想到"他是我的梦中情人"，妈妈就会在与客户开会时走神。只要读者想知道汤米的好意还会带来什么问题以及他打算如何处理，悬念就会随之产生。

体裁：案例#1：家庭惊险小说

背景：在郊区的杂货店里，凯拉伸手去拿一盒麦片。当她转身再去推购物车时，发现自己的钱包不见了。

意外元素：凯拉醒来，发现她房子周围所有的植物都死了。

读者预期：凯拉被吓坏了。

相反情况：凯拉气愤至极。她请来了一位园林专家帮她分析情况。专家发现植物都被下了毒。凯拉让他把所有有毒的泥土都换掉，重新种上灌木和花，然后偷偷地安装了一个摄像头来监控，以防有人再次作案。

解析：监控录像显示凯拉的姐姐将一种有毒的混合物倒入新植物周围的泥土里。现在凯拉需要对这件事做出决定，而艰难的决定也能引发悬念。

> **体裁：**案例♯2：回忆录
> **背景：**艾尔坐在家中的办公室里，刚给妹妹发了短信，正等着她的回复。他们的爸爸再一次拒绝下床。警察打来电话，告知艾尔他十几岁的儿子斯图尔特再次被捕。
> **意外元素：**艾尔赢了一千美元。
> **读者预期：**艾尔会把赢来的钱再输掉。
> **相反情况：**艾尔把赢来的钱拿给了妻子玛丽，让她自己看着买点什么。
> **解析：**玛丽打电话给一个叫萨姆的人，说："我拿到钱了。"这一带点神秘感的情节使读者产生了想要了解更多信息的欲望——这就是悬念的本质。在故事的后面，我们得知她为儿子买了一辆二手车，用这一千美元交了首付。此信息也让我们对玛丽的性格有了更多的了解。

让读者获得尽可能多的信息是一项普遍原则，不仅适用于犯罪小说，也适用于其他任何体裁，包括回忆录，比如关于我母亲的那部：

> 一个消防员打电话过来，说我妈妈正在被送往医院的路上。她摔倒在自己波士顿公寓附近的消防站前面，受了点瘀伤，其他都很好。最重要的是，有三个英俊的消防员照顾她，她高兴得要命。
> "他们都可帅了，"在我开车将她从急诊室送回家时，她说道，"当消防员对长相还有要求吗？"
> 为了表达感谢，一周后，我们送了些饼干给他们。
> 结果，在第二个星期六，她又摔倒了。

意料之外和悬念的区别

一旦理解了意料之外是如何引发悬念的，便能熟练地设置意料之外却不破坏缓慢聚积的紧张感，也就是悬念。下面介绍设置意料之外的三种可靠技巧：第一次发生的意外事件、反常事件，以及对先前未知事实的揭露。

第一次发生的意外事件

让我们回想一下查尔斯·狄更斯的《荒凉山庄》(*Bleak House*)中著名的自燃场景。在第三十二章中,有一个破布废纸旧瓶子收购商名叫克鲁克(这个名字有明显的讽刺意味①),他的饮食似乎仅限于杜松子酒,其结局是他在自燃中被烧成了灰烬。

小说的主要情节围绕着一桩贾迪斯家族内部的法庭案件展开,法庭必须确定此案中的几份遗嘱哪一份有效。由于潜在的受益者众多,法庭判决的结果影响广泛。克鲁克的死虽然令人震惊,但也发挥了重要作用:它使角色接触克鲁克的文件变得合理,并在搜索他的秘密藏品时制造了多个悬念。当他们找到一份与案件相关的文件时,该意料之外所产生的回报就一目了然了。这一意料之外——自燃——既有效又恰当,因为它引发了一次搜索,并制造了一个悬念。

反常事件

孩子们总是期待小丑能给他们带来有趣的惊喜,而当斯蒂芬·金 1986 年的小说《它》(*It*)中的小丑不是一个善良的角色,而是代表邪恶时,就制造了出人意料的效果。这就是反常事件。

该故事以缅因州的一个小镇为背景,叙事时间在 20 世纪 50 年代末和 80 年代中期反复交替。在背景设定中,"它"已存在了几百年,形象不定,经常化身为一个名叫潘尼怀斯的小丑,以儿童和成年人为食,但儿童是它最喜欢的猎物。"它"世代以儿童为食,并刚刚从二十七年的冬眠中醒来——这一设定给人一种劫数即将来临的感觉。当潘尼怀斯把目光投向每一个新的受害者时,紧张感就会加剧。于是,开头的意料之外就变成了悬念。

---

① 克鲁克(Krook):Krook 这一名字的发音与 crook 一致,而 crook 一词通常指小偷或不诚信之人。商人本应诚信,因此让商人叫这个名字具有讽刺意味。——译者注

对先前未知事实的揭露

在 1963 年首次出版的《脱胎换骨》(Seconds) 一书中，作者大卫·伊利围绕"得陇望蜀"这一主题编织了一个故事。一个名为"公司"的秘密组织为对生活不满意的人提供"重生"的机会，让人可以摆脱无聊，过上一直梦想的生活。"公司"会安排客户的"死亡"，包括留下一具长相与客户相似的尸体。"公司"会给客户全新的身份，以及证明客户成就的完整资料。通过实验性的手术，客户会拥有新的、更年轻且更具吸引力的外表。表面上看起来，生活变得无比完美。直到故事后期，明白了"公司"是如何收割尸体来伪造客户的死亡时，我们才会看到幕后的真相。对这一令人震惊事实的揭露是一个真正的意料之外。之后，悬念不断累积，意料之外就演变成了悬念的副产品——恐惧。

表 8.2 展示了这些添加意料之外的策略是如何制造悬念的。

表 8.2 运用意料之外制造悬念	
意料之外的事件	
如何制造意料之外	第一次发生的意外事件： ● 在冰箱里发现一把刀。 ● 看到一位老妇人摔倒在结冰的人行道上。 ● 你的丈夫打电话告诉你他会工作到很晚，最后你却发现他并没有工作。
如何利用意料之外来制造悬念	重复意料之外的事件： ● 在冰箱里发现一把刀。一周后，又在放袜子的抽屉里发现一把刀。 ● 看到一位老妇人摔倒在结冰的人行道上。一个星期后，听到她在公寓里呼救——她又摔倒了。 ● 你的丈夫打电话告诉你他会工作到很晚，最后你却发现他并没有工作。然后，当你相信因为他在洗手间而没有接到你的电话时，你却又发现他在酒吧里跟一个放浪不羁的女人聊天。

	反常事件
如何制造意料之外	反常事件： ● 一个爵士萨克斯手莫名其妙地站在一个十字路口的中间，演奏着关于爱与失去的深情乐曲。 ● 在一个低湿度的晴朗下午，一场龙卷风突然出现在纽约市。 ● 一个和蔼可亲的女人在杂货店里大发雷霆。
如何利用意料之外来制造悬念	能揭示幕后动机的反常事件： ● 一个爵士萨克斯手莫名其妙地站在一个十字路口的中间，演奏着关于爱与失去的深情乐曲，以掩护两名银行窃贼溜进人群逃走。 ● 由于一个联邦机构的科学家团队决定不发出预报，在一个低湿度的晴朗下午，一场龙卷风突然出现在纽约市。该团队因不满预算削减，于是用此事作为警告。 ● 一个和蔼可亲的女人在杂货店里大发雷霆，这使得她儿子坚持要她去做一个全面的医疗检查。
	先前未知的事实
如何制造意料之外	对先前未知事实的揭露： ● 主角认为是她室友老朋友的那个人，实际上是她的前夫——去年她心血来潮与他在拉斯维加斯结过婚。 ● 曾祖母死后，你找到了她的共产党党员证。 ● 一个孩子发现圣诞老人其实是蒂米叔叔。
如何利用意料之外来制造悬念	对先前未知事实的揭露牵连出更坏的状况： ● 主角认为是她室友老朋友的那个人，实际上是她的前夫——去年她心血来潮与他在拉斯维加斯结过婚——现在他来敲诈她了。 ● 曾祖母死后，你找到了她的共产党党员证。你还在调查中发现她是联邦调查局的监视对象。 ● 一个孩子发现圣诞老人其实是蒂米叔叔，现在这个孩子认为说谎也没什么不对。

不使用意料之外所营造的悬念可能会给人造作之感。相反，当意料之外演变成深层情节的一部分时，读者就会心满意足。

用行动增加戏剧性

添加意料之外时最好用故事来发声。避免使用"突然""不知为何""出乎意料"之类的表达来制造虚假的紧迫感。另外，修改时要避免使用那些表示状态的动词。

使用那些听起来具有紧迫感的词汇属于"讲述而非展示"的方式。正如我们在前文中所说，这会拖慢读者的阅读速度，拉远他们与故事之间的距离。be 动词（to be）[1] 及其变化形式反映的是一种存在状态，仅此而已。

你不能回避 to be 的所有用法，也不应该回避。问问自己，能不能用一个更具主动性的动词（实义动词）来表达同样的观点。通常情况下，修改时去除整句话中的被动性动词会使句子更加有力。

表 8.3 展示了用更加主动的动词和行动化的情境取代表达时间的词语和 be 动词的所有形式，以及这样做所带来的改进。当你阅读这些示例时，请记住，写作从来没有唯一的最佳方式。表 8.3 中的示例仅是介绍其中的一种方法，用来避免使用本节所讨论的特定词汇和短语。你有自己的作者声纹[2]和风格，所使用的方法也一定与此不同。

---

[1] be 动词（to be）：英语中的动词按其意义和作用可分为实义动词和 be 动词两大类。实义动词表动作；be 动词表位置、状态等，相当于汉语中的"是"。在本书中，原作者想表达的是，实义动词代表故事中的行动，属于较为主动的词语；be 动词则代表故事中的静态描写，属于较为被动的词语。另，后面所提到的主动性或被动性词语皆是此意，而不是指主动或被动语态。——译者注

[2] 作者声纹（voice）：国外文学界、教育界常用此词代表"作者能够被识别的独特文学标志"，它像指纹一样，是每一位作家所独有的，但又不同于写作风格。《文学术语词典（中英对照）》第七版第 435 页曾将该词翻译为言念。因其理解起来较为困难，故在本书中译为"作者声纹"，以便于理解。——译者注

表 8.3　让意料之外发挥最大效用

原稿	修改稿
我在看电视，不断换着频道，真希望能找点有趣的事做。突然，不知从哪儿冒出来一个影子。	电视上的节目都无趣极了。我茫然地盯着屏幕，真希望能找点有趣的事做。一个影子引起了我的注意。我倒抽了一口冷气，遥控器掉在了地上。
伯尼是我的老朋友，当他突然告诉我他已经结婚五年了的时候，我特别惊讶。	我傻傻地看着他："什么？结婚了？五年了？我没听错吧，伯尼？"
突然，安妮特追上了我。毫无疑问，她是个怨妇。我很后悔以前没对她好一点。	这是安妮特，一个十足的怨妇。嗯，就算不是十足的，也是冥顽不化的。她瞪大那双牛眼盯着我，我知道这次在劫难逃了。

你应该还记得我们在第三章中说过，应该谨慎地使用 TRD，这样才能保持对故事结构和节奏的控制。同样的原则也适用于意料之外：不能滥用意料之外。例如，在我自己的传统推理小说中，我计划在每本书中设置一个意料之外，大约放在故事中段。在故事的中段，已经很久没有发生像样的事件了，这种情况会产生"故事中段松垮综合征"，而加入意料之外是对抗这种综合征的最好办法之一。此时加入一个意料之外会立即为故事带来一股活力：

"你能给我一个不买博因顿海滩公寓的理由吗？"母亲问。

"那不是在佛罗里达吗？"我皱起眉头问道，"你不是不喜欢佛罗里达吗？"

"我更不喜欢寒冷。它有两间卧室、两间浴室和一间阳光房。"

"你是在网上看的吧？"

"不，我和房产经纪人米里亚姆在一起。她已经答应了，两万四千三百美元就能卖给我。"

"你在佛罗里达？"

"是的。你觉得怎么样？"

在我抓紧思考时，我的嘴张了张，闭上了，又张开来："我觉得有点儿冲动。"

"我觉得这叫果断。"

"我得打电话给迈克和丹，问问他们的意见。"

"为什么？"她问道，"你不相信我的判断吗？"

"是你打电话给我，向我咨询意见的。我的意见是，我应该打电话给我的兄弟们，问问他们的意见。"

丹觉得这事挺好——一向标新立异的母亲做了件正常的事。迈克没有意见。

"如果她想搬家，"迈克说，"搬便是了。但你应该过去看看。听起来也太划算了……会不会是圈套？"

我坐上下一班飞机就去了。

我母亲挑选的公寓很漂亮，属于Ⅰ-95州际公路和海滩之间的一个大型中产阶层综合住宅区的一部分。她找到这里是因为她的一个老朋友在这个社区买了房子，在寄给她的问候明信片上印有棕榈树和海滨餐馆。这所公寓的月供只需八十三美元。我都想自己买一套了。

我打电话给迈克，报告了这边的情况。

"多少钱来着？"我讲完后，他问道。

"两万四千三。我又砍下了一些手续费。"

"在我住的帕洛阿尔托，这个价连一个门把手都买不到。"

"我告诉她买下来吧。"我扫视着停车场说。这里所有的住户都是七十岁以上的老人，所有的女性都穿着漂亮的背心裙。"如果她不喜欢了，可以搬回波士顿，就把这里当一个家庭度假公寓好了。"

"我同意。"

我回到了房产经纪人的办公室，母亲坐在那里正读着一本旧的《家庭天地》杂志。我看了一下合同，告诉她我没看出什么问题。她兴冲冲地签了字，然后把她的美国运通卡递给米里亚姆。

这就是我母亲如何用信用卡给自己买了一套公寓的故事。

"我"的母亲没跟任何人打招呼就飞去了佛罗里达，想买一套公寓。这一意料之外为故事再次注入活力，并引发了一个不大不小的悬念。她的孩子们认同这个计划吗？这是她主动且果断的决定，还是被骗了？孩子们会认为这是一次冒险，还是失策？无论如何，这一意料之外引起了关注，并制造了悬念。

三步走策略

此策略可助你在营造紧张感和悬念的同时，将意料之外融入故事，给读者带来欢喜或诧异。具体步骤如下：

(1) 想出一个合乎逻辑的意料之外。

(2) 思考如何用这个意料之外引发悬念。

(3) 下笔时要以行动和对话为主，而不是讲述。

表8.4包含了对三步走策略的练习。此练习过程最好配合上反思，练习时可在完成每一步后停下来，想想哪些技巧对你有用、为什么有用，哪些没用、为什么没用。对自己的写作过程了解得越多，你就会越成功。

要想让意料之外与悬念发挥作用，还有一个重要前提，那就是让读者关心你的角色。在第九章中，我们将探讨如何构建角色才能让读者手不释卷。

表 8.4　练习：添加充满悬念的意料之外

选择一个写作中的故事或一个即将开始的故事。记下一些关键信息，例如：
- 有什么吊人胃口的事件？
- 主角的动机是什么？
- 他将面临哪些障碍？
- 叙事问题是什么？
- 描述一下背景设定。
- 确定一个首要主题。

想出一个合乎逻辑的意料之外。什么样的意料之外才有效呢？记住我们在小说创作中对它的定义：意料之外是一个单一的、意想不到的事件。不要忘记本章前面讨论过用来制造意料之外的三种方法：
- 第一次发生的意外事件。
- 反常事件。
- 对先前未知事实的揭露。

思考如何用这个意料之外引发悬念。可以记一些笔记，以帮助你确定如何用此意料之外引发悬念。它会影响到角色的行为吗？或是会改变情节的走向吗？

下笔时要以行动和对话为主，而不是讲述。草拟出意料之外发生的场景。当你修改初稿时，请使用以下内容作为检查清单：
- 你是否使用了以时间为导向的词语，如"现在"或"突然"？
- 你使用了任何表示状态的动词吗？
- 你所使用的动词都是以行动为导向、高度具体的吗？
- 你能用对话替换讲述吗？
- 你能用行动替换讲述吗？

总结与反思：在完成这个练习后，你觉得哪项技巧对你有用？哪项技巧还搞不明白？哪些技巧你能应用到今后的写作中？

第九章　想读者所想

背叛是唯一永恒的真理。

——阿瑟·米勒

稳定 VS. 混乱与背叛

大多数人渴望稳定。事实上，安全需求（有时被表达为保障）在亚伯拉罕·马斯洛[①]著名的需求层次理论中排第二，仅次于生理需求。想想看，在我们有足够的空气呼吸、有足够的水喝、有足够的食物吃之后，接下来要做的就是去争取一个安全、有保障及稳定的环境。

同样，读者渴望的是秩序，而不是混乱。在犯罪小说中，当谋杀发生或将要发生时，原本正常的秩序就会被打乱。反派角色背叛了社会规则，有时这种背叛是个人行为。其他公民会感到恐惧和混乱。然而，在故事的结尾，秩序会被恢复。正义最终会战胜邪恶。有罪之人会受到惩罚，个人的牺牲也将得到回报。世间万物又变得美好起来，至少此刻如此。

作为一名作家，这一心理学原理对你来说意味着：你必须创造出读者关心的角色，然后迫使这些角色去应对混乱与背叛。这样，读者才会为主角的成功加油，才会舍不得放下故事，直至主角取得胜利。这种方法并不老套，它是使故事取得成功的公式，因为它植根于大多数读者根深蒂固的信念、价值观和直觉。事实上，用马斯洛博士的话说：我们生来如此。此外，因为这一技巧是超越体裁的，所以无论你正在写什么，都可以很容易地将其应用到你的作品中。

下面的几个故事展示了这一原则——读者憎恶混乱与背叛而崇尚稳定——是如何成功运用于各种体裁的。

[①] 亚伯拉罕·马斯洛（Abraham Maslow）：美国人本主义心理学主要发起者、著名社会心理学家、第三代心理学的开创者，提出了融合精神分析心理学和行为主义心理学的人本主义心理学，被尊称为"人本主义心理学之父"。他提出的需求层次理论对心理学有着重要意义。——译者注

从间谍网络中逃脱

想想詹姆斯·格雷迪 1974 年的小说《秃鹰六日》（第二章中也有过讨论）。主角是一位出色的中央情报局研究员，隶属于一个精英小组，负责分析推理小说和惊险小说中的情节，在工作中偶然发现了一个真实的阴谋。当他偶然离开办公室时，刺客冲进大楼，杀死了他所有的同事。这个帅气、聪明的主角必须与未知的敌人战斗，以拯救自己的生命，并将罪犯绳之以法。整个故事围绕着混乱与背叛展开。

虽然电影版（《秃鹰七十二小时》）与原著有很大的不同，但核心主题是一致的：一个正直的公民，做着正确的事情，却被他最应该信任的人背叛了。主角被扔进了一个像狂欢节游乐场一样混乱的世界，而那个世界就像面哈哈镜一样挑战着他的平衡、感知和自信。他分不清谁是好人、谁是坏人。他没有间谍技能，也没有接受过军事训练——他是一名研究人员，而不是特工。由于读者（和观众）非常关心这个好人、这个有头脑的主角、这个普通人，所以当他被许多障碍阻挡，无法获取真相，也无法得到救赎时，他们与他一样感到焦虑和害怕。当他最终成功地战胜了邪恶、稳定得以重塑时，读者们也都松了一口气。

权衡道德困境

1996 年发表的纯文学小说《原色》（*Primary Colors*），作者是无名氏（后来被确认为记者乔·克莱因），是一部影射小说，即基于事实的小说。据一些评论家所说，这个故事是根据比尔·克林顿总统第一次竞选总统的故事改编的，它讲述了一场总统竞选。

《原色》采用了线性结构搭配书立式叙事，以叙述者对候选人握手的观察开始和结束，主要是关注不同的抓握方式、持续时间和力道如何传达不同的信息。在叙事视角方面，它采用了第一人称。

总的来说，这本书探讨了不惜一切代价取胜的行为准则。从主题上讲，它提出了这样一个问题：目的正当是否就能不择手段？毕竟，即使某个总统候选人能提出世上最好的计划、拥有所有的领导技能，但如果他不能在竞选中获胜，那他所有的善意也都是徒劳的。

叙述者是一个刚刚加入竞选活动的年轻理想主义者。在目睹了一个接一个的谎言、一个接一个的虚假陈述，以及与候选人光鲜亮丽的公众形象不相符的不体面行为后，他的幻想逐渐破灭。支持候选人？感觉像是在与魔鬼做交易。揭露真相来维护正义？那是一场不可能取胜的战役。但在故事的结尾，他必须做出选择。

《原色》讲述了灼烧这个年轻人灵魂的良心危机，以及他试图平衡忠诚和讲真话这两个相互矛盾的要求时心中的挣扎。说自己应该永远说实话很容易，但如果你是一个值得信任的顾问，同意保守秘密，那么透露这个秘密从本质上来说不是不忠吗？事实上，这难道不也是一种背叛吗？或者说，首先要求别人（用谎言）为你提供保护是不是一种更深层次的背叛？如果是这样，那么最初的背叛是否可以让你不遵守对一切保密的承诺？

角色必须面对的其他问题包括：所有的谎言都应被平等对待吗？是否可以在个人问题上撒谎，比如性，但不能在公共问题上撒谎，比如你是否允许同性恋者公开在军队服役？

这位竞选工作者必须权衡哪一个决定能带来他所渴望的稳定，掩盖谎言并帮助他支持的候选人当选，或说出真相，将选举胜利送给反对党。由于候选人和竞选工作者这两位主角都讨人喜欢，读者（以及在这本书出版两年后才上映的电影的观众）会与他们共情。大多数人能看出和理解这一超级困境的两面性，也由此确保了故事能引起广大读者的共鸣。

摆脱内心困惑

在葆拉·霍金斯 2015 年发表的悬疑小说《火车上的女孩》中，三位叙述者之一的瑞秋认为，她的迷惘是酗酒引起的，但事实并非如此。随着故事的进展，瑞秋卷入了一起失踪人口调查案之中。大多数时候她搞不清楚状况，却又不得不继续挖掘真相。在此过程中，她不仅帮忙解开了失踪人口的谜团，也明白了关于自己处境的真相。

从传统意义上来说，《火车上的女孩》里的几个叙述者都不讨人喜欢。瑞秋是个爱贪小便宜的酒鬼；梅根背叛了她的丈夫；安娜是个第三者。她们都撒谎。然而，作者成功地让读者牵挂着她们的命运。在角色本身没有感染力的情况下让读者产生共鸣是很难实现的。而作者的成功可能来自每个女性都想超越自己，让读者可以联想到那种不言而喻的内在野心。每个人都努力在传统期望的喧嚣中找到独特的自我。每个人都在努力寻找自己在这个世界上的位置。

因为读者关心她们每个人在不同状况下的结局，所以读者会感受到她们所经历的困惑、焦虑，以及意识到自己被背叛后的绝望。最后，当三名女性中的两人成功地走出了可能将她们吞没的泥潭时，读者会为她们的忍耐力和韧性感到高兴，并祝愿她们好运。

为信仰而战

裴顿·陶德 2004 年出版的回忆录《我迄今的信仰：一个皈依与迷惘的故事》(*My Faith So Far: A Story of Conversion and Confusion*) 讲述了一个年轻人寻求信仰的过程。

陶德的经历涉及方方面面，从极端保守和结构化的宗教社区生活到他较为进步的个人思考都有。他的整个故事讲述了他经历的内心挣扎、困惑，以及他如何为传统基督教的文化束缚所背叛。

陶德对信仰的追寻显然是发自内心的。他真诚地书写故事，率直地表明了自己看似矛盾的经历，并详细、精确而又朴素地描述了他最初的狂热皈依和随后的怀疑、顺从与拒绝，以及狂喜和沮丧。他对明确答案的追求引起了响亮而清晰的共鸣，而他对寻找真相的承诺也令人感动。混乱终会归于清晰，而背叛也终会被信任取代。

> **常见问题解答**
>
> **问**：混乱与背叛看起来很像 TRD（在第三章中有过详细讨论）。它们有什么不同？
>
> **答**：它们不是同义词，但混乱与背叛能引发 TRD。混乱与背叛可以作为情节或故事线的基础。它们还可以成为角色的主要动机。因为人们憎恶混乱并害怕背叛，所以他们有动机去尽其所能避免这两种状态。当你思考如何为主角设计混乱与背叛时，请记住：混乱与背叛取决于角色对事件的解读。有时候，这种解读的过程本身就能推动情节发展，比如卡琳·阿尔滕贝格 2014 年的小说《破晓》(*Breaking Light*)。年轻的主角加布里埃尔坚信是自己背叛了他最好的朋友迈克尔。但随着时间的流逝，他的观点发生了转变。他发现不是他背叛了朋友，而是朋友背叛了他。当接纳、爱或友情是有条件的，而你没有满足这些条件时，你赢得认可的唯一希望就是伪装，小心翼翼地走在界线之内。加布里埃尔开始意识到有条件的爱本身就是一种背叛。

探索之旅

每个人看待混乱的眼光自不相同。在一人眼中聪明的举动也许在另一人看来是混乱或背叛。为了充分利用这一强大的悬念构建策略，你需要清楚地知道在角色眼中什么是混乱与背叛，而不能笼统地加以概括或均质化处理。你提出的混乱与背叛必须与角色内心深处的想法、恐惧、焦虑、信仰、价值观和期望无缝对接。表 9.1 列出了一些关于角色的问题，以确保你在充分理解他们的基础上运用这一强大的策略。

在开启这一复杂的分析之旅，即分析你自己的角色之前，以你熟悉的角色作为练习对象也是很有效的。从你喜欢的体裁中选择一本书，用表 9.1 中的问题分析其人物。答案将揭示出人物的复杂层次，以及将对角色的分析转化为悬念的过程。

为便于演示，我选择了雷克斯·斯托特传统推理小说尼禄·沃尔夫系列中的两位侦探——尼禄·沃尔夫和阿奇·古德温。该系列小说跨越了 40 年的时间，从 1934 年的《矛头蛇》(*Fer-de-Lance*) 到 1975 年的《家事》(*A Family Affair*)，包括 70 多部小说，其中许多仍在重印之中。由于我对这些作品非常熟悉，也很欣赏故事中的角色，因此以他们为分析对象是我的合理选择。

在看过表 9.1 之后，思考一下该如何将这些信息应用在自己的写作之中。

表 9.1　了解角色

姓名和职业	尼禄·沃尔夫：私家侦探	阿奇·古德温：私家侦探
外貌及年龄	尼禄·沃尔夫：沃尔夫，白人，身高 1.78 米，体重约 285 斤，50 多岁。	阿奇·古德温：阿奇，白人，身高 1.82 米左右，英俊潇洒；他自己倒认为个人的长相只是过得去，还没到玉树临风的地步。他身体健康。
角色本质上是个好人，还是有内在的缺陷？是什么促使角色成为现在的他？他是否在一个具有传统价值观的家庭中长大，却背叛了这些价值观？作为一个被收养的孩子，他克服了多年虐待造成的心理创伤吗？	尼禄·沃尔夫：沃尔夫先生是个英雄般的好人，说话算数。他成长于黑山共和国，参加过几次战争，是个爱国的美国人，是一个归化公民。	阿奇·古德温：阿奇来自俄亥俄州。他在对传统的美国价值观耳濡目染中长大。
角色住在哪里？他觉得那里如何？	尼禄·沃尔夫：沃尔夫先生住在纽约市他自己的一栋褐色砂石房子里。他很少离开，也从不出差。	阿奇·古德温：阿奇也住在沃尔夫先生的褐色砂石房子里。这样的环境很适合他。
描述角色的主要社会关系。他结婚了吗？他是一个以家庭为中心的人，还是孤家寡人，抑或是同性恋？谁是角色最好的朋友？	尼禄·沃尔夫：沃尔夫先生坚决保持单身。他认为女人很危险，全靠阿奇给他解释女人的行为。他最好的朋友是马可·武基奇，他们从小在黑山就认识了。但马可在黑山被杀害了。	阿奇·古德温：阿奇喜欢女人。尽管与他关系最好的女朋友是莉莉·罗文（一个反复出现的角色），但他也经常和其他女人约会。阿奇有一群和他一起消磨时间的朋友。他还每周打一次扑克。

角色有什么爱好或最喜欢的休闲活动是什么？	尼禄·沃尔夫：沃尔夫先生热爱阅读。	阿奇·古德温：阿奇兴趣广泛，尤其喜爱跳舞和棒球。
角色有宠物吗？如果有，是什么？如果没有，为什么？角色如何看待宠物？	尼禄·沃尔夫：没有宠物。不过，在《悲惨死去》(Die Like a Dog)中沃尔夫先生临时收养了一只黑色拉布拉多犬，因为这个品种是所有犬类中最聪明的。	阿奇·古德温：没有宠物。至于为什么不养，书中没有明确讨论过，但我推测阿奇是不想承担照顾宠物的责任。
角色是否有一些怪癖、特质或缺陷突然出现在故事中，甚至影响到了故事中的行动？例如，他酗酒吗？或者带一只红色兔脚以求好运？	尼禄·沃尔夫：沃尔夫先生很直率，不关心人们对他的看法。他很勇敢。当他用尽脑力思考时，他会做出一种奇怪的动作，被阿奇称为"嘴唇运动"，即先把嘴唇往外推，再往里拉。在做嘴唇运动时，沃尔夫先生非常专注，甚至连小号发出的巨响都注意不到。	阿奇·古德温：据沃尔夫先生说，阿奇在穿衣上花费太多。
角色开什么样的车？或者如果不开车，又是为什么呢？	尼禄·沃尔夫：沃尔夫先生不会开车。他害怕移动的物体，如汽车、火车和飞机。	阿奇·古德温：阿奇开着一辆沃尔夫先生的苍鹭牌轿车。
角色的冰箱里有什么？	尼禄·沃尔夫：沃尔夫是一位美食家，有一位常驻大厨（一个反复出现的角色，名叫弗里茨）。他的冰箱里总是装满了从希腊进口的百里香蜂蜜之类的东西，还有大量的啤酒。	阿奇·古德温：阿奇大部分时间在沃尔夫家吃饭，所以他没有自己的冰箱。当阿奇出去吃饭的时候（比如他去警察局接受问询后），他会点腌牛肉三明治和牛奶。

角色做事的动机是什么？例如，如果角色是一名警察，他为什么要加入警察队伍？如果他是宴会承办人，是什么给了他对食物的热爱？	尼禄·沃尔夫：沃尔夫先生不喜欢工作。他的唯一动力就是金钱，尽管有时他也会为了履行道德义务或维护自尊而工作。	阿奇·古德温：阿奇认为自己是个勤劳的人，他也喜欢破解谜题、做正确的事情。如果某个案子涉及一位年轻漂亮的女子，他往往也会强迫沃尔夫先生接手那个案子。
总结角色的价值观。他有宗教信仰吗？他的行事风格是见机行事，还是非黑即白？	尼禄·沃尔夫：沃尔夫先生不信教，他只信仰正义的真相。也就是说，在必要的时候他不会拘泥于规则，甚至还会对警察撒谎。	阿奇·古德温：阿奇不信教，他也信仰正义的真相。也就是说，在必要的时候他不会拘泥于规则，甚至还会对警察撒谎。
角色最喜欢的食物是什么？这种偏好从何而来？是小时候妈妈做的安慰性食物，还是成年后自己发现的新口味？	尼禄·沃尔夫：对沃尔夫先生来说，这个问题不好回答，因为他喜欢各种各样的食物。他最喜欢的食物可能是在《厨师太多了》（Too Many Cooks）一书中讨论过的小香肠吧。	阿奇·古德温：在沃尔夫先生的餐桌上吃了十多年后，阿奇对食物的品味逐渐成熟，但我却没想到他最喜欢吃哪种食物（除了之前提到的腌牛肉三明治和牛奶）。
角色最讨厌的是什么？	尼禄·沃尔夫：歇斯底里的女人。他认为即使是最冷静的女人也总是处于歇斯底里的边缘。	阿奇·古德温：没有。阿奇很随和。他也许会生气，但从不厌烦什么。
角色受过教育吗？是正规教育吗？	尼禄·沃尔夫：沃尔夫先生是一个天才，而且非常博学。书中没有提到他是否接受过正规教育。	阿奇·古德温：阿奇在俄亥俄州读完了高中。他每天都读《纽约时报》，有一次还读了一本专业杂志。

角色穿着如何？他是个爱打扮的人，还是穿衣只以舒适为主？	尼禄·沃尔夫：沃尔夫先生通常穿着棕色的西装，搭配黄色的衬衫。黄色是他最喜欢的颜色。	阿奇·古德温：阿奇是个爱打扮的人。
角色能挣多少钱？他节俭吗？在银行有多少存款？	尼禄·沃尔夫：钱的具体数字很少被提及，但人们可以很容易地推断出沃尔夫先生的收入在六位数左右。	阿奇·古德温：钱的具体数字很少被提及，但人们可以很容易地推断出阿奇过着舒适的中产生活。
角色有任何疾病或残疾吗？	尼禄·沃尔夫：只有肥胖（尽管有人推测他不愿离开家是源于一种陌生环境恐惧症）。	阿奇·古德温：没有。
角色有什么背景？与故事相关吗？	尼禄·沃尔夫：沃尔夫先生来自黑山共和国，他的种族背景经常被提到。他为自己是美国人而感到自豪，这一点也经常出现。	阿奇·古德温：阿奇来自俄亥俄州。他的背景偶尔被提到，但并不是故事的中心。
角色用过哪些口头禅或古怪的表达？	尼禄·沃尔夫："呸""满意""非常满意""确实"。	阿奇·古德温：没有。
角色想过什么样的理想假期？他实现了吗？如果没有，为什么？	尼禄·沃尔夫：沃尔夫先生讨厌旅行，他满足于待在家里。	阿奇·古德温：每年夏天，阿奇都会在莉莉·罗文的蒙大拿牧场待上一个月左右。他经常在她位于威彻斯特郡的避暑公寓度周末。有一次，他们还去了挪威度假。

说出一个指导角色生活的潜在主题，是一种融入社会的愿望，是为自己洗清罪名的决心，是一定要找到自己的生母，还是和梦中情人重新联系，抑或是回到地球？	尼禄·沃尔夫：沃尔夫先生不喜欢与人接触，他安排好了自己的生活，这样就不用和其他人打交道。他认为屋顶温室里的万株兰花就是他的红颜知己。	阿奇·古德温：阿奇是一位时尚的社交名流，但其行为也在可控范围之内。
补充说明	尼禄·沃尔夫：沃尔夫先生钦佩阿奇的力量。他不会试图改变阿奇或按照自己的形象塑造阿奇。	阿奇·古德温：阿奇是故事的第一人称叙述者。他用房间里自己的打字机"讲故事"。
什么会给角色带来混乱？	尼禄·沃尔夫：不得不与一个聪慧的女人打交道时。[在《情妇之死》(Death of a Doxy)、《弃兵》(Gambit) 和《自编自导》(Plot It Yourself) 等故事中，都有这样的例子。]	阿奇·古德温：不使用语言时，字面意义上的（如《布拉克山》）或比喻意义上的 [如《花花公子之死》(Death of a Dude)]，或处于一种需要较高的智力水平才能处理的情境时 [如《第二次招供》(Second Confession) 和《无声的演讲者》(The Silent Speaker)]。
角色会将什么看作背叛？	尼禄·沃尔夫：阿奇接受贿赂——这从来没有发生过，尽管沃尔夫和阿奇不止一次用这个策略欺骗过罪犯 [如《被埋葬的恺撒》(Some Buried Caesar) 和《无声的演讲者》]；他自己的某个员工利用他们之间的关系 [如《家事》(A Family Affair)]。	阿奇·古德温：某人将沃尔夫置于危险之地 [如《吓破胆联盟》(The League of Frightened Men)]。

正如你所看到的，尼禄·沃尔夫和阿奇·古德温拥有各自不同的特征，但由于他们拥有共同的核心价值观，所以最后分析起来他们的差异是很小的。这二人通过不同的途径来到纽约，出于不同的原因成为私家侦探，但他们却天衣无缝地结合在一起。总之，他们组成了一支不可阻挡的队伍。

- 沃尔夫有头脑。阿奇有力量。
- 沃尔夫希望永远不要离开他的房子。阿奇喜欢到处跑。
- 沃尔夫通过思考来破解犯罪案件。阿奇则喜欢用行动破解。
- 沃尔夫不了解女人。阿奇却很清楚什么能打动女人。

通过了解尼禄·沃尔夫和阿奇·古德温之间的动态，我就能更好地理解我需要怎么处理自己的角色。请留意表 9.1 中最后那两个和混乱与背叛有关的分析。如果想让沃尔夫陷入混乱，那就创造一个强大的女性角色。她不会一味服从男性，而是会对男性的要求分别进行评估。这种方法模仿了沃尔夫先生与人打交道的过程，但他没想到女性也有这样的理性。这一场景的设计需要完成三个目标：（1）说明那个女人并没有被沃尔夫吓倒；（2）透露沃尔夫被这个女人吓倒了，至少一开始是这样；（3）揭示一些推动情节发展的信息。

这才是优秀写作应该具备的。

发现认识盲区

只有充分了解角色，才能用简单精确的语言将角色的混乱与背叛传达给读者。例如，在 2008 年的《记录谋杀的笔记本》（*The Murder Notebook*）一书中，作者乔纳森·桑特洛弗邀请读者去体验一个角色的痛苦，以及他在混乱中的煎熬。下面这段摘录是一个典型的"展示而非讲述"的例子。请留意桑特洛弗在其中使用的精确语言，这在描述情感等抽象概念时至关重要：

　　他一只受伤的脚踝又疼又肿，整个身体因服药过量而行动迟缓。

从经典作品中理解背叛与混乱的力量

许多经典文学作品中都有涉及背叛与混乱的主题，包括戏剧。欧里庇得斯的悲剧《美狄亚》（*Medea*）首次创作于公元前 431 年，讲述了美狄亚在丈夫伊阿宋离开她去追求一个年轻女子后陷入疯狂的故事。美狄亚的生活陷入混乱之中，她本人也变得脆弱、喜怒无常，甚至杀死了自己的孩子。尽管这部戏剧创作于两千五百年前，但其完整的心理描写让人觉得它很现代。

同样，如要了解背叛如何引导情节及改变角色，莎士比亚的《麦克白》（*Macbeth*）和《哈姆雷特》（*Hamlet*）也能提供极好的示范。至于混乱带来的后果，可以阅读《仲夏夜之梦》（*A Midsummer's Night's Dream*）和《错误的喜剧》（*A Comedy of Errors*）。以《错误的喜剧》为例，它就讲述了关于混乱与被指控的背叛的故事：两对双胞胎在出生时无意中被分开了，他们错误的身份导致了可笑的误解。在故事的最后，当两对双胞胎团聚时，稳定得以重塑，人们也纷纷表示庆祝。

安东尼·特罗洛普的六部《帕利瑟》（*Palliser*）系列小说（发表于 1864 年至 1879 年）重新流行起来，其原因是很容易理解的，因为特罗洛普描述的是人与人之间的互动。这些作品本属于政治小说，但特罗洛普认为，政治的全部是由人组成的。他认为政治成功更多地取决于关系和幕后交易，而不是智慧或正义。许多人认为，今天的类似评价正与一百五十年前特罗洛普的观点存在着强烈的共鸣。

特罗洛普笔下具有政治头脑的人物不以通过的立法作为衡量成功的标准，而代之以对地位和权力水平的比较。其实现的途径之一是听取小道消息，也就是说，他们把流言当作民意的晴雨表，就像今天的做法一样。

既然听到的都是流言和影射，那这些政治家们收集到互相矛盾的信息就变得很容易理解了。更加复杂的是，判断信息的真实性通常是看哪个透露信息者更具吸引力。（这是一个类似于光环效应的现象，在第七章中有过讨论。）

因此，这些故事中的所有角色都处于混乱之中，而背叛的危险潜伏于每个角落。

他蹒跚地走过房间，然后重重地敲打着电视机的一侧。电视上，一个男人用西班牙语对着一个女人说着什么。那个女人的妆容是如此之浓，他还以为她的脸是塑料做的，还真是的：她的脸就像一支五彩蜡烛似的融化了，红色的嘴唇从电视机底部渗出，直流到地板上。他盯着那摊水，直到它消失，他才知道那不是真的，因为那个化了妆的女人又出现在了屏幕上。

他瘫倒在床上，抬头看着那个光秃秃的灯泡，他的生活片段像西班牙肥皂剧一样在不停播放：妻子、女儿、爆发、争吵、全面战争，以及那些已不再属于他的悲伤神圣时刻。他还看到自己一次又一次地坠落。

要实现如此简洁、精辟的写作，必须对角色最深层的需求、欲望和恐惧非常熟悉，知道他们珍视什么、鄙视什么。

表9.2可帮助我们检查对于故事主角的熟悉程度：已经知道了多少，还存在哪些认识上的盲区。你会注意到，我在此分析中指出了几处认识上的盲区。可以这样说，此分析过程就好比是一张安全网，它能确保我对角色有足够的了解，从而保证我写出的故事具有说服力。

表9.2 找出认识盲区

	案例#1	案例#2
背景	凯拉是一个没有监护权的单身母亲，她被人跟踪了，跟踪者可能是她的前夫。她母亲患有老年痴呆，她的姐姐则完全不讨人喜欢。	艾尔是一个赌徒，他觉得自己遇到的困难和家人的袖手旁观都是对他的攻击。
职业	办公室主管	高中数学老师
外貌及年龄	认识盲区。我脑海里只有一个模糊的印象。凯拉快三十岁了，很漂亮，但并非让人惊艳的那种。她并不出众。	认识盲区。我脑海里只有一个模糊的印象。艾尔五十出头，中等身高，有点胖，秃顶。

角色本质上是个好人，还是有内在的缺陷？是什么促使角色成为现在的他？他是否在一个具有传统价值观的家庭中长大，却背叛了这些价值观？作为一个被收养的孩子，他克服了多年虐待造成的心理创伤吗？	凯拉在关系紧张的家庭中长大。爸爸大部分时间不在家；即使在家，也不问家里的事。妈妈过得很辛酸。她的姐姐一心梦想着旅行、出名、被人前呼后拥，却只能在无法实现的梦想中独自怨恨。凯拉嫁给了她高中时的男朋友，从家里逃了出来。在经历了糟糕的五年婚姻后，她开始酗酒。他们离婚不到一年，她就失去了孩子的监护权。这本书的背景设定在一年之后。凯拉已经戒酒九个月了，一心只想拿回孩子的监护权。	艾尔在传统家长式的家庭中长大，是家里唯一的儿子，从小娇生惯养。他从高中就开始赌博——赌"梦幻足球"①，大学时发展成玩扑克。他挺擅长此道，也赚了不少钱，足以让他在花销上摆脱对家人的依赖。他很享受这种自由。他不记得从什么时候开始赌博对他来说不再有趣了，大概是从他不再赢钱的时候开始。大学一毕业，他就开始进赌场玩了，在那里他第一次遇到比他更厉害的玩家。他还善于保守秘密，这是从比他大五岁、野蛮且脾气又急的姐姐那里学来的。
角色住在哪里？他觉得那里如何？	凯拉在前夫选择的新泽西州一个富裕的郊区居住。她不喜欢那里，想搬到佛罗里达去。	艾尔生活在加利福尼亚的圣塔莫尼卡，离他出生的地方不远。他喜欢那里。
描述角色的主要社会关系。他结婚了吗？他是一个以家庭为中心的人，还是孤家寡人，抑或是同性恋？谁是角色最好的朋友？	凯拉没有朋友。她由于晚上不被允许单独外出而失去了所有朋友。她自认为是个不合群的人，还为不需要任何朋友而骄傲。	艾尔很合群，喜爱社交。他仍与毕业后的学生保持联系。他还是每场聚会的焦点。他真的喜欢社交。他也知道自己的家人希望他减少与其他人的交往，这样就能够多陪陪家人。

---

① "梦幻足球"（fantasy football）：一种在线足球游戏，可以自己组建足球队。由于此游戏对技术要求较高，因此在"梦幻足球"上的下注在美国并不被法律认定为赌博。——译者注

角色有什么爱好或最喜欢的休闲活动是什么?	认识盲区。我还没思考过这个。	除了赌博,艾尔还喜欢打高尔夫球,并以擅长在后院做烧烤而闻名。
角色有宠物吗?如果有,是什么?如果没有,为什么?角色如何看待宠物?	认识盲区。凯拉现在没有宠物,但我不知道她将来会对宠物有什么看法。如果孩子喜欢,她也可能会养条狗。我认为她为了讨回孩子们的欢心会尽最大努力。	艾尔有一只金毛猎犬,名字叫博,已经七岁了。
角色是否有一些怪癖、特质或缺陷突然出现在故事中,甚至影响到了故事中的行动?例如,他酗酒吗?或者带一只红色兔脚以求好运?	凯拉高度敏感,总是处于提防状态。她被迫从小就培养出这种能力,以便在父母迁怒她之前离开。她每天只想着喝酒,而伏特加是她的最爱。	认识盲区。我还没想过这个。
角色开什么样的车?或者如果不开车,又是为什么呢?	一辆她讨厌的家庭轿车。她想要一辆小型休闲越野车。	一辆大型休闲越野车。
角色的冰箱里有什么?	认识盲区。我完全没想过这个。	认识盲区。我完全没想过这个。

角色做事的动机是什么？例如，如果角色是一名警察，他为什么要加入警察队伍？如果他是宴会承办人，是什么给了他对食物的热爱？	凯拉高中一毕业就找到了一份没有任何意义的办公室工作，这是她逃避原生家庭计划的一部分。她一路升到办公室主管的职位，但在她目前的公司可能不会有更大发展了。在酗酒的那些年里，她有好几次差点丢掉工作。搬到佛罗里达后，她希望能去律师助理学校学习，也许有一天能去法学院学习，但她有些怀疑自己能否实现如此大的梦想。	艾尔喜欢成为众人关注的焦点，他很擅长数字。教授数学对他来说再合适不过了。不过，当地社区大学的每一份工作他都申请了，并不是因为他不喜欢目前高中的工作，而是因为他需要更多的钱。
总结角色的价值观。他有宗教信仰吗？他的行事风格是见机行事，还是非黑即白？	凯拉希望自己有宗教信仰，但她没有。而且私底下，她也不明白为什么别人有信仰。她独立，凡事靠自己。她相信真理与公平，以非黑即白的风格行事。	艾尔也去教堂，但并不信仰宗教，只是把它当作生活的一部分。艾尔做事圆滑，他擅长将自己想做之事与别人期望他所做之事结合起来。
角色最喜欢的食物是什么？这种偏好从何而来？是小时候妈妈做的安慰性食物，还是成年后自己发现的新口味？	认识盲区。我还完全没想过这个。	认识盲区。我还完全没想过这个。
角色最讨厌的是什么？	认识盲区。我还完全没想过这个。	认识盲区。我还完全没想过这个。

角色受过教育吗？是正规教育吗？	凯拉是一名高中毕业生，虽然普通，却一直是个好学生，认真而勤奋。	艾尔拥有教育学硕士学位，本科主修数学、辅修教育学。他攻读硕士学位是为了获得加薪。
角色穿着如何？他是个爱打扮的人，还是穿衣只以舒适为主？	凯拉喜欢穿中性颜色的朴素衣服，似乎是因为不想引人注目。	艾尔的着装很讲究。例如，他的衬衫袖口上绣有字母图案。
角色能挣多少钱？他节俭吗？在银行有多少存款？	凯拉的年薪是五万七千美元。她极其节俭。她正在努力攒钱，准备移居佛罗里达。她的银行存款有一万七千三百一十四美元。	艾尔本职工作的年薪是五万五千美元，在当地社区大学教暑期课程和做家教还有一万两千美元的额外收入。但他在银行里没有任何存款。
角色有任何疾病或残疾吗？	没有。	没有。
角色有什么背景？与故事相关吗？	凯拉有爱尔兰和英格兰的混合血统，其实还夹杂着一点法国血统。但她觉得血统对自己没什么影响。	艾尔从里到外都是个德国人。当被问及他与德国的关系时，他回答说喜欢德国的啤酒。
角色用过哪些口头禅或古怪的表达？	认识盲区。我还没想过这个。	"如果你是三角形，那就做个锐角三角形。""用钢笔做数学作业的人真是够胆大的。"
角色想过什么样的理想假期？他实现了吗？如果没有，为什么？	认识盲区。我还完全没想过这个。	在赌场度假。可以是任何地方的任何赌场，包括带赌场的游轮。

说出一个指导角色生活的潜在主题，是一种融入社会的愿望，是为自己洗清罪名的决心，是一定要找到自己的生母，还是和梦中情人重新联系，抑或是回到地球？	凯拉想要安全感。她渴望稳定。	艾尔不介意成为小单位里的大人物。他总是回避问题和别人对他的恶意，所以现在才麻烦缠身。
什么会给角色带来混乱？	● 来自她前夫的好意。 ● 来自她姐姐的同情。 ● 来自其他男性对她的爱慕。	● 他无法摆脱低迷的状态，只能看着别的赌徒连连赢钱。鉴于艾尔否定运气在赌博中的作用，他对别人为什么赢钱而他却做不到深感困惑。 ● 他的儿子被警察逮捕。 ● 他的父亲搬走了，给他留了一张字条，说他已经厌倦了被当作废人对待。
角色会将什么看作背叛？	● 她前夫在孩子面前说她的坏话。 ● 她姐姐告诉她：难怪你丈夫离开你——你又胖又笨。 ● 警察认为是她将自己的钱包藏了起来。	● 与艾尔有暧昧的邻居将他们之间的关系告诉了他的妻子。 ● 为了报复艾尔，他的儿子对警察撒谎，说艾尔打了他。 ● 艾尔的姐姐说服他的父亲让她成为唯一的继承人。

完成此角色分析可以帮助你精确定位对角色的认识盲区。你以为很了解自己笔下的角色，有这种可能。但还有一种可能，即你对他们的了

解只是片面的。花点时间对自己的主角做一次这样的分析，你会发现一些以前遗漏的东西。找出这些盲区的目的当然是为了消除它们。通常情况下，消除盲区的过程将促使你产生一些深刻的见解，并推动故事与角色向你未曾想过的方向发展。你应该还记得，混乱与背叛同角色内心深处的想法、欲望和信仰有关，如能将消除盲区的过程与之协调一致，将发挥出巨大的力量。

在深刻理解的基础上写作

在回答表9.3中的问题时，请想一想该如何将这些信息融入你自己的故事中。例如，你如果创造了一个素食者角色，可以这样描写背叛：让她所谓的朋友隐瞒蔬菜汤里混有牛肉的事实。记住，角色的属性越具体和独特，情节就会越有张力、有趣味。不要对角色的描述含糊不清、过于笼统或平淡无奇。

也请记住，没有所谓的唯一正确答案。根据你对这些问题的回答，你可以将角色（和故事）引向无数个不同的方向。而不管你如何选择，这项练习都可助你塑造丰满而立体的角色，从而写出充满悬念的故事。

表9.3　练习：深度了解角色	
背景	
职业	
外貌及年龄	
角色本质上是个好人，还是有内在的缺陷？是什么促使角色成为现在的他？他是否在一个具有传统价值观的家庭中长大，却背叛了这些价值观？作为一个被收养的孩子，他克服了多年虐待造成的心理创伤吗？	
角色住在哪里？他觉得那里如何？	

第九章 想读者所想 147

描述角色的主要社会关系。他结婚了吗？他是一个以家庭为中心的人，还是孤家寡人，抑或是同性恋？谁是角色最好的朋友？	
角色有什么爱好或最喜欢的休闲活动是什么？	
角色有宠物吗？如果有，是什么？如果没有，为什么？角色如何看待宠物？	
角色是否有一些怪癖、特质或缺陷突然出现在故事中，甚至影响到了故事中的行动？例如，他酗酒吗？或者带一只红色兔脚以求好运？	
角色开什么样的车？或者如果不开车，又是为什么呢？	
角色的冰箱里有什么？	
角色做事的动机是什么？例如，如果角色是一名警察，他为什么要加入警察队伍？如果他是宴会承办人，是什么给了他对食物的热爱？	
总结角色的价值观。他有宗教信仰吗？他的行事风格是见机行事，还是非黑即白？	
角色最喜欢的食物是什么？这种偏好从何而来？是小时候妈妈做的安慰性食物，还是成年后自己发现的新口味？	
角色最讨厌的是什么？	
角色受过教育吗？是正规教育吗？	
角色穿着如何？他是个爱打扮的人，还是穿衣只以舒适为主？	
角色能挣多少钱？他节俭吗？在银行有多少存款？	
角色有任何疾病或残疾吗？	
角色有什么背景？与故事相关吗？	

角色用过哪些口头禅或古怪的表达？	
角色想过什么样的理想假期？他实现了吗？如果没有，为什么？	
说出一个指导角色生活的潜在主题，是一种融入社会的愿望，是为自己洗清罪名的决心，是一定要找到自己的生母，还是和梦中情人重新联系，抑或是回到地球？	
什么会给角色带来混乱？	
角色会将什么看作背叛？	

现在，你已对故事、结构和角色都有了足够的了解，也能够利用角色的缺点和怪癖来制造一些悬念。那么，可以动手写作了。后面将介绍一种能够创造引人入胜的场景的技巧——降低音量，虽然这看起来有悖直觉，但它的确是最有效的方法之一。

我们将在第十章中讨论这一经过实践验证的策略。

第十章　小声说话

在述说自己的秘密时，大自然中的一切都压低了声音。

——鲁道夫·斯坦纳

设想以下场景：一名男子站在一条繁忙的城市街道上。他抬起头，想知道在摩天大楼里工作会是什么样子，结果却看到一个女人在屋顶边缘摇摇欲坠，正要跳楼。他大喊道："别跳！"并向大楼跑去。然后，意识到他不可能自己一人救下她，于是他拨打了报警电话。他又跑回到街对面，这样就能看到那名女子的情况。但他没有抬头向上看，而是一直盯着十字路口，一边等待着救援队伍的到来，一边大喊着："哦，天哪！哦，天哪！哦，天哪！"路人在匆忙经过时看着他，还以为他是个疯子。

再设想以下场景：一名男子站在一条繁忙的城市街道上。他抬起头，想知道在摩天大楼里工作会是什么样子，结果却看到一个女人在屋顶边缘摇摇欲坠，正要跳楼。他的喉咙打不开，说不出话，几乎无法呼吸。他强迫自己镇定下来，拨打了报警电话，然后抬起手臂，用颤抖的手指着那个女人。路人停下脚步，顺着他的目光看去。

由以上两个场景可以看出，大声喊叫只会让人们认为他疯了，而沉默却能让人理解他的恐惧。

用寂静最大化声音的效果

在角色情绪激动的时刻，为了反映出角色的恐慌，或者想让情绪更加高涨，作者喜欢让角色狂吼大叫。当然，根据你所描述的情景和想要激发的情绪，写一个轰轰烈烈、混乱的场景也许是合适的。然而，一个更有分寸的回应可能更有说服力地传达混乱。

与直截了当地揭示相比，轻声地吸引读者能够制造更多的悬念。例如，要描写一个有枪支出现的场景，别让角色大声喊出："有枪！"让读者听到卸下保险时的咔嚓声也许效果更好。

以下片段节选自 2006 年的《置之死地》，是我"乔西·普雷斯科特古董悬疑"系列的第一部作品。请留意其中的那些细小声音是如何增加紧张感和悬念的，以及乔西对这些声音的反应是如何揭示她的性格特征的：

> 正当我准备从藏身之处走出来时，我听到了另一个沙沙的声音。我相信自己的直觉，立刻停了下来。这不是幻觉。我听到了什么？像是摩擦发出的声音，可能是布料摩擦木头所发出的。
>
> 在高大的开放式仓库里，声音回荡着。我原以为，这种轻柔的声音，这种嘶嘶声或刮擦声，来自箱子附近。但我可能错了。我紧紧地靠在墙上，扫视整个房间，寻找能发出这种声音的东西，并想搞明白为什么高高的一堆箱子后面有个奇怪的影子，但我什么也没看到。
>
> 我紧张地吞咽了下口水，心怦怦直跳，连呼吸都困难。"去他的吧。"我生气地对自己说。那声音可能是大楼沉降所发出的，而影子是我自己想象出来的。我默默地咒骂着像藤壶一样粘在我身上的焦虑，从角落里走了出来。我受够了整天对那些阴影和细小声音的担惊受怕。这都是我自找的。我挺直肩膀，抬起头，开始往下走，沿着楼梯盘旋而下。
>
> 我听到咔嗒一声，立刻僵住了。门——有人轻轻地把门锁上了。他们要出去吗？还是进来？我待在原地听了一会儿。什么都没听见。

关于声音的科学：与读者建立联系

认知心理学家告诉我们，对声音的感知会产生一种菊花链[1]式的反应。当记忆由某种声音催生出来时，它就会导致一系列特定的、可预测的反应。例如，当你听到某人的声音时，如果辨认出了声音的主人是谁，那么此人的形象就会出现在你的脑海中，并且还会反过来引发心理、情感和生理上的大量反应。

---

[1] 菊花链（daisy chain）：一种首尾相接的串联拓扑结构。——译者注

> **寂静的力量**
>
> 正如黑暗很少没有一丝光明，寂静也很少是完全的沉寂。即使是在最黑暗的夜晚，厚厚的云层笼罩着天空，你也能看到萤火虫在闪烁；或许还能看到一条细细的光线从壁橱的门下射出，以微弱的银色光芒穿透黑暗。在寂静的空房子里，你会听到冰箱反复启停的声音、时钟的滴答声、一条狗在户外某处吠叫的声音、关上车门时"砰"的一声、风吹出的口哨声，还有猫头鹰发出的咕咕声。寂静不是绝对的。
>
> 制造悬念的一种有效方法是将寂静和细微的声音并置。假设你正在上冥想课。每个人都很安静，专注于练习和遵从老师发出的指令。这时，一声铜锣声响起，安静的氛围立刻被打破。你可能会站起来，也可能会偷瞄一眼大厅。再设想一下在森林里徒步旅行的情景。你正在享受倾听大自然中的声音：有小动物在厚厚的树叶上爬行时发出的沙沙声，昆虫在高空的嗡嗡声，还有鸟儿打招呼的呼唤和鸣叫声。但突然之间，一切声音都消失了。是这些动物已经知道有什么事要发生，而你却不知道？要不要藏起来？寂静中的细微声音能改变情势，而细微声音中的寂静同样如此。

19世纪俄国生理学家伊万·巴甫洛夫创立了著名的巴甫洛夫条件反射理论。该理论表明，如果将一种无关的声音与一个特定的结果联系起来，不断重复这个过程，就可以在两个不相关的事物间建立稳定的联系。你也可以利用这一理论，使声音和结果在读者的脑海中无意识却又不可阻挡地联系在一起。这种联系可以产生舒适或蔑视、喜悦或跳脱、狂喜或痛苦，或任何介于两者之间的东西，关键在于读者如何看待结果。

以案例♯1中的主角凯拉为例。她和姐姐的关系不好。当凯拉还是个孩子的时候，她姐姐无情地嘲笑她又胖又笨。把这种痛苦和一首歌联系起来怎么样？也许她的姐姐非常喜欢雪儿1999年的热曲《相信》（Believe），而且一直在播放或哼唱这首歌。近二十年后的现在，当凯拉听到这首歌时，她的反应仍是熟悉的青春期焦虑。如果在惊险小说的开头植入这种联系，之后当这首歌再次出现时，读者就会产生与凯拉一样的本能反应，他们还会同情她决心摆脱因姐姐的恶意欺负而产生的自我厌恶。

再以案例♯2中的主角艾尔为例。想象一下，当艾尔走进一家赌场，听到老虎机里不断发出声响,向房间里传递着赢钱的讯息时,他是什么感觉。再想象一下,他为人群中压抑的嗡嗡声所包围,听到冰块的欢快碰撞声,以及筹码被扔到铺着绿色毛毡的牌桌上时相互撞击所发出的轻敲声。这些声音结合在一起,会在艾尔身上引发一种可预见的反应:他的嘴会变干,脉搏会加快,眼睛里闪烁着光芒。他已经按捺不住,准备大杀四方了。也许在后面的回忆录中,艾尔正想努力改掉自己的赌博习惯,当他再听到那些熟悉的声音时,他强迫自己做出与平时不同的反应,以打破将赌博的快感与那些特殊的听觉线索联系起来的灾难性循环。

常见问题解答

问:你用了整整一章的篇幅来讲述声音的力量。你是说听觉比包括视觉在内的其他感官更重要吗?

答:在这个问题上,听觉与视觉都很重要,都有科学和逸事观点的支撑。以布朗大学神经学家赛斯·霍洛维茨的研究为例,在他 2013 年出版的《共同知觉:听觉如何塑造思想》(*The Universal Sense: How Hearing Shapes the Mind*)一书中,他认为声音的无形力量最为强大。他讨论了许多我们没有注意到的声音,不仅是像空调这样的环境噪声,还有我们自己创造的声音,比如我们在地毯上轻轻踩过的脚步声。

设想一下,角色比尔正坐在角落里吃早餐,妻子迈着华尔兹的舞步朝他走去,他会作何反应。如,"芭尔布迈着华尔兹的舞步穿过厨房"。请注意,这里的华尔兹不仅意味着一种特定的舞步,它还蕴含着一种特定的态度。比尔会对芭尔布的华尔兹舞步做出什么反应?他们昨晚是不是大吵大闹了一场?她跳华尔兹是表示道歉吗?他们是一对热恋的新婚夫妇吗?也许当比尔看到芭尔布对他跳华尔兹时,他的脑海里开始响起帕蒂·佩姬演唱的《田纳西华尔兹》(*Tennessee Waltz*)。

如果芭尔布重重地踏过厨房,而不是跳华尔兹,比尔又会作何感想?跺脚不可能不发出声音,它会发出重重的响声,可能代表着愤怒和权威。如果将动作换成蹦蹦跳跳或大步走,漫步或昂首阔步,蹑手蹑脚或拖着沉重的脚步,比尔又会作何反应?每一种动作都会带来一系列不同的含义表达——角色做出这种动作时的样子、为什么要做出这样的动作,以及会相应地发出什么样的声音。

选择正确的词语,这样读者才会清楚地听到你要表达的信息。

用合适的词汇描述声音

避免使用标签性词语

正如我们在第四章中讨论过的，在写作中融入的感官元素越多，读者就会越投入。感官元素可以让读者体会到事件发生时角色的经历。我经常奉为圭臬的一句话是："展示而非讲述。"对感官元素的描写正体现了这句话的精髓。但在提供感官元素时也要小心，请不要使用以下标签性表达：

- 看。
- 看到。
- 听到。
- 听。
- 感觉到。
- 尝到。
- 注意到。
- 观察到。
- 辨认出。
- 知道。
- 意识到。
- 明白。

虽然我们在这一章中主要关注的是声音，但下面要介绍到的主动写作原则也适用于所有感官的描写。表 10.1 中所提供的改写前及改写后的示例表明，消除标签性词语能助你写出更主动、更有吸引力且更具情感活力的故事。

表 10.1 避免使用被动性标签词语

改写前	改写后	评论
我拉开窗帘，向窗外望去。我看见一个男人推着一辆婴儿车。他向我招手。	我拉开窗帘。一个推着婴儿车的男人向我招手。	通过消除"望"和"看见"，修改后的版本显得更紧凑，更加以行动为导向。
在他俯身系鞋带时，我看到了他身上带的枪。	他俯下身去系鞋带。我喘着粗气往后退了一步。哦，天哪，我想着。有把枪。	写出不按顺序的行动陈述是很常见的。可以考虑以时间顺序重新安排这些动作的顺序。在这个例子中，应该首先是有人俯身，然后才是叙述者看到枪。另外，去掉"看到"这个词，可以添加更多叙述者看到枪时的反应。
我听到他们像往常一样大喊大叫，夜复一夜。	他们像往常一样大喊大叫，夜复一夜。	"我听到"产生了距离感，而直接描写他们的行为会让读者马上参与到行动中。
我努力听着，希望能够搞明白。	我的目光从未从他脸上移开。我不想错过一个字。	改写后的版本直接展示了什么是"努力听"。而改写前的版本只是告诉读者叙述者在干什么。修订版还展示了要想"搞明白"需要做什么。
他感到她的愤怒在房间里扩散。	一见到他，她就紧闭上嘴唇。呃，哦，他想，要打起精神来。麻烦来了。	直接展示是什么让他知道她生气了。
我不禁注意到她看起来那么老了。	皱纹刻在她蜡黄的脸颊上。上个月时，她还眼睛明亮，甚至闪烁着光芒。现在，它们已变得黯淡无光。一个月她就老了十岁。	修订版展示了为何得出她老了的结论。通过为对比提供时间框架，我还添加了背景信息。

当我读到他的留言时，我意识到他不再爱我了。	我把他的字条揉成一团，滴下了一颗眼泪。他不再爱我了。	"意识到"是一种被动的表达，是对思想的描述，类似于"理解"。修订版不是告诉读者她读了留言就开始哭，而是直接展示她对此的反应。"揉"这个词比起"读到"也更有趣，它不仅表明了行动，还传递了一种态度。（"我把他的字条揉成一团"这一事实暗示她已经读过这张字条。如果她还没看过，那就可以这样写：我没看他的字条就把它揉成了一团。）

小心选择描述性词语

我们听到的每一种声音都伴随着一系列超越声音本身的感知。如果一辆车播放着萨尔萨舞曲从你家经过，你就能以此推断出司机的某些情况。以下是对司机特征的可能推断：

- 不顾他人感受。
- 好斗。
- 粗鲁无礼。
- 时髦。
- 爱玩。
- 舞蹈高手。

换句话说，当音乐的声音大到足以扰乱人的思维时，有些人会暴跳如雷，另一些人则想去狂欢。角色如何看待声音及如何反应很能说明问题。

找到正确的名词和动词

既然作家的工作就是寻找新鲜的方式来描述熟悉的事物，那就从名

词和动词开始吧。除了简单地写"砰砰的萨尔萨音乐",你还可以通过以下描述来添加语境:

- 刺耳的音调。
- 棍棒。
- 邀请。
- 为耳朵开的派对。

这些选项中的每一个都是发人深省的,因为它们把对声音的描述带到了一个意想不到的方向。永远不要忽视语言的细微差别。词语能传达特定的含义,所以必须找到准确的词语来精确表达你的思想、情感、行动或信念。这也是唯一能实现清晰写作目标的方式。让我们进一步思考上面列出的四个选项。

- "刺耳的音调"意味着不和谐、难听。你永远不会用这个词描述你喜欢的音乐。
- 使用"棍棒"这个词意味着你被声音这根"棍棒"重重地击打了。它是棍棒,不是个小树枝——它是一件武器。
- "邀请"这个词特别有趣,因为这个词本身就制造了悬念。它代表了一个不完整的想法。读者会想知道更多关于邀请的信息。邀请去何处?是夜总会,是聚会,还是打架?
- 将砰砰的萨尔萨音乐形容为"为耳朵开的派对"的人,与把它当作"邀请"的人可能不同,也可能一样。"为耳朵开的派对"无疑是积极的表述,而"邀请"也可能引发消极的结果。也许那个边开车边播放萨尔萨舞曲的男人正和路边屋里的女人调情。他知道她会认出音乐是来自他的车。他故意把声音开得很大,以示炫耀。他在向她发出邀请,让她放心大胆地出来玩。在这个例子中,萨尔萨音乐算不上"为耳朵开的派对",但绝对是个"邀请"。

说到词语的细微差别,甚至连"砰砰"这个词都应该拿出来讨论一番。也许有一种更强烈、更具体的方式来描述这位司机播放的萨尔萨音乐。让我们试试下面这些"砰砰"的同义词。

- 叮当声。
- 吱吱嘎嘎。
- 咚咚声。
- 嘭嘭声。

现在设想一下，当角色听到用以上词语描述的萨尔萨音乐时作何感受。以下是一些能够具体化这些体验的描述：

- 破碎：这个词传达出一幅强烈的画面。"破碎"意味着变成了碎片、破坏及毁灭。
- 性感：这也是一个很强烈的词，尽管有些模糊。你能想到如何把萨尔萨舞曲和性感联系起来吗？这样如何："萨尔萨舞曲一响起，短裤就脱掉了。"现在，性感就显而易见了吧。
- 恼怒：你不是真的生气，只是被激怒了。
- 有趣：这个表达超级模糊。是音乐有趣吗？还是因为家里的小女孩知道她暴躁的爷爷非常讨厌萨尔萨音乐，而她又非常讨厌爷爷，所以花钱请邻居家的孩子开车过来，把音乐开得震天响。因为没人知道是她干的，所以当她看到爷爷朝音乐发出无用的咆哮时，她得到了一点乐趣。

不同的体验都与语境有关。语境指的不仅仅是背景或故事梗概，而且包括角色的幕后故事、内在动机和隐秘的野心。只要知道是什么驱使他们产生这样的行为，他们对声音的反应就会与声音共鸣，就像教堂的钟声能够召唤信徒祈祷一样。

提供语境的明喻与隐喻

为了更深入地理解语境，可以考虑使用修辞手法来增加写作的深度，如明喻和隐喻。（关于制造明喻和隐喻的更多信息，参见第六章。）播放着砰砰作响的萨尔萨音乐的汽车即将驶过。闭上眼睛，想象汽车驶入街区前的那一刻。

试着完成或修改这个句子：砰砰作响的萨尔萨舞曲像＿＿＿＿＿一样闯入我的意识。（或者简单地给出一个对这一体验的隐喻。）

你想出了什么？下面是我提供的一些选项。

● 当魔鬼来抓你，把你拖进地狱时，萨尔萨音乐将会在整个旅程中砰砰作响。

● 砰砰作响的萨尔萨音乐冲进我的意识，我跌倒在地，像女妖一样哀嚎。

● "我爱你"，我想着。每次听到砰砰作响的萨尔萨音乐，我就会想起你——像巧克力一样美味的你。

● 铿锵有力的萨尔萨音乐响彻整个场地，就像狄俄墨得斯①的战斗号声。

● 砰砰作响的萨尔萨音乐冲进我的意识，就像朦胧夏日午后的一声惊雷。

每个明喻或隐喻都制造出了一个不同的意象，也由此告诉我们关于角色内心世界的更多信息。

仔细挑选形容词和副词

挑选形容词与副词的黄金规则是：不要仅仅用它们来弥补名词或动词的不足，恰当的位置和词义也很重要。此外，要避免使用那些与名词或动词的含义重合的词语，也不必想着为意义过于模糊的词语增加辨识度。不要这样写：

● 巨大的轰隆声（还有其他种类的轰隆声吗？还有多大的声音算巨大？）

● 尖锐的咔嚓声（根据"咔嚓"声的定义，它本来就是尖锐的。）

---

① 狄俄墨得斯（Diomedes）：古希腊男性英雄之一，曾于特洛伊战争中受到雅典娜帮助而多次击败特洛伊人并获得重大胜利。——译者注

那么,"可怕的轰隆声"呢?"可怕的"这个词还行,因为它增加了另一层意义。设想以下场景:有一个角色是一名爆破专家。他正和一个工程小组一起建造隧道。想想看,对他来说,大多数轰隆声并不可怕。事实上,通常情况下来讲,这种声音是对他的肯定——轰隆声意味着他做好了自己的工作。因此,如果一名爆破专家认为轰隆声是"可怕的",对我们普通人来说就应该用"恐怖的"这个词。然而,即使在这个例子中,我敢保证还能找到更好的描述性词语,因为"可怕的"这个词还是有些语意模糊。那么,还能如何描述轰隆声呢?

- 令人崩溃的轰隆声?(即使角色与爆破打交道——或者正因为如此——他也害怕听到意料之外的巨大声音。)
- 令人羞愧的轰隆声?(这种爆炸声意味着爆破专家搞砸了。)
- 令人惊骇的轰隆声?(引爆过早,造成了人员受伤。)

选择正确的描述性词语才能确保不产生歧义。

同样,"令人心惊的咔嚓声"告诉读者,角色没想过会听到这种声音。如果角色以为只有自己一人在树林里散步,那么树枝折断的咔嚓声肯定会让她大吃一惊,也许还会感到害怕。是一只小鹿踩断了树枝,还是有人有意识地跟踪她?(为什么?)猎人把她当成猎物了吗?她健康吗?(意思是,她能跑得掉吗?)请看下面我给出的一些选项,并请留意在传递信息或设定氛围时,如何用描述声音的简单几个词就产生强大的效果:

> 听到树枝发出咔嚓的一声,我摔倒在地。提克里特市①的一幕又重演了。

这是一种暗示,可以让读者推断出折断树枝发出的咔嚓声唤起了角色在伊拉克服役时的回忆。咔嚓声让她想起了叛军的枪声,也有可能是暗示角色有创伤后应激障碍。

---

① 提克里特市(Tikrit):伊拉克的一个城市。——译者注

树枝发出咔嚓的一声。听起来就像圣诞节放烟花的声音，让我差点笑出声来。我喜欢圣诞节的烟花！

请注意，将树枝折断发出的咔嚓声与甜蜜的记忆联系起来可以用作红鲱鱼谬误。仅仅因为咔嚓声唤起了积极的回忆，并不意味着任何导致树枝折断的事件都是美好的。这一描述的二元性特别适合与不可靠叙述者结合起来使用，非常方便。

用拟声词描写声音

拟声是一种强大的修辞技巧，它是指从现有词汇中选择一些词或创造出一些词来模仿所描述的内容。拟声词自带的逼真度能够提升故事的活力。你对声音的描述越逼真，场景就越可信；场景越可信，故事就越有悬念。

看看下面这个节选自列夫·托尔斯泰 1869 年的史诗小说《战争与和平》（*War and Peace*）第六章的片段，该小说经常被媒体和学术界列为"历史上最优秀的小说"。请留意文中"灿烂的阳光"是一种隐喻，表示男人们对攻击的反应。同时还要留意那些非常具体的描述，比如"震耳欲聋的金属轰鸣声"和"呼啸的手榴弹"。"呼啸的"这个词模仿了手榴弹在空中旋转时发出的嘶嘶声。

枪炮发出震耳欲聋的金属轰鸣，一枚呼啸的手榴弹从山下我军的头顶飞过，落在离敌人很远的地方，一缕烟雾显示出它爆炸的地点。

听到这声音，官兵的脸上都露出了喜色。大家都站起来，开始观察下面我军的行动，就像在一石之隔的地方一样清晰可见，而更远处敌人的动向也很明显。就在同一时刻，太阳从云层后面完全出来了，清脆的枪声和灿烂的阳光融为一体，让人欢快和振奋。

为启发你对拟声词广泛用途的思考，下面给出了词典中已经存在的众多选择，请看表 10.2 所示的拟声词示例。

表 10.2 拟声词示例

啊	嗷	啊哈	哎哟
昂昂	嗷嗷	嗷哇	嗷呜
啊哈哈	叭	梆	嘣
啵	吧唧	啩啷	哔哔
拨剌	啵嘤	布谷	吧嗒吧嗒
噌	哧	潺潺	哧哧
欻啦	呲呲	刺棱	淙淙
嘚	噔	叮	咚
嗒嗒	当当	当啷	嘀嗒
滴答	叮当	叮咚	丁零
咚咚	嘟嘟	嘟囔	丁零零
咚咚咚	笃笃笃	丁零当啷	呃
呃哼	呃哦	嗝	呱
嘎巴	嘎嘎	嘎吱	格格
嗝嗝	咯咯	咯楞	咯吱
咕咚	咕咕	咕噜	咕哝
汩汩	呱呱	咣啷	咕嘟咕嘟
呱唧呱唧	呵	嚯	哗
哈哈	嘿嘿	轰隆	呼哧
呼呼	呼啦	呼噜	哗哗
哗啦	唉儿	嚯嚯	呼啦啦
唧唧	啾唧	啾啾	叽里咕噜
叽里呱啦	咔	喀	咳
咔吧	咔嚓	咔嗒	咳咳
铿锵	哐当	哐啷	呖呖
隆隆	铃铃铃	咩	哞
喵呜	嗯	喃喃	嗯嗯

哝哝	啪	砰	嘭
乓	噗	啪嚓	啪嗒
噼啪	扑咚	扑棱	扑通
嘭嘭嘭	噼里啪啦	噼噼啪啪	乒乒乓乓
切	锵锵	咝	嘶
瑟瑟	沙沙	唰啦	咝咝
嘶喂	嗖嗖	飕飕	嗵
突突	呜	哇哦	哇哇
汪汪	嗡嗡	喔喔	呜嗯
呜哇	呜呜	呜咽	呜里哇啦
咻	嘘	淅沥	萧萧
咻咻	稀里哗啦	窸窸窣窣	嘤
唷	哑哑	咿呀	吁吁
啧啧	喳喳	啁啾	吱嘎
吱呀	吱吱	滋滋	吱嘎喀嚓

想要找到一种方法来描述真实的声音，需要敏锐的耳朵和大胆的写作。"讲述"别人听到了什么很容易，用意想不到但可信的方式将其"表现"出来却很难。如果能做到这一点，就能增强读者的体验感，将他们置于场景之中，并让这种声音的线索演变为悬念。

下面我们来做个练习，学习修改我们大多数人在创作初稿时都会写出的那种蹩脚描述，如表 10.3 所示。要为故事增加准确而又精练的元素，你需要做以下几项工作：

● 检查每个动词，尽量选择具有主动性、介入性而又精确的选项，尽量避免使用表示状态的动词。

● 将对声音的概括性描述转换为具体描述。

● 添加情感和感官的细节元素，使场景生动起来。

● 删除所有陈腐的表达。

表 10.3　通过特异性增加影响

改写前	改写后	说明
查理把卡洛琳推到墙上。她大叫起来。他打了她一巴掌。她又大叫起来。他冲她笑了起来。	查理一把将卡洛琳摔在砖墙上。她尖叫起来，发出尖厉而无声的哀号。他扇了她一巴掌，她又叽地叫起来，求他住手。他笑了。	● "推"这个词本身的力度并不弱，只是"摔"的力度更大。"推"可能是温柔的，也可能是强硬的，但"摔"毫无疑问是强硬的。 ● "砖墙"胜过"墙"。砖块粗糙的纹理能够唤起清晰而痛苦的意象，因为摔在砖石上是很痛苦的。而"墙"有可能只是光滑的石膏板，甚至是加了橡胶衬垫的软墙。 ● "大叫"也有点含糊。当然，用"尖叫"有所改善，表示受惊吓时恐慌地惊叫，而不是一般的大声喊叫或叫嚷，加上"尖厉而无声的哀号"，让人眼前一亮。"叽地叫起来"显得更为具体。 ● "求他住手"这一句增加了重要的信息。 ● 删除"冲她"消除了一个陈腐的表达。 反思：作者要把自己置于场景中的这一时刻当中。潜藏在房间里，留意听角色在说什么，更要留意周围的声音以及他们的感受。然后将这些写下来。
露易丝听到咯咯的笑声，从栏杆间往外偷看。马丁躺在沙发上，搂着贝丝。看到贝丝咯咯地笑，马丁似乎不太高兴。		

枪声从教堂附近的某个地方响起，穿过田野。米奇把铁锹扔到一边，朝大楼跑去。		
约翰逊女士环顾四周。十八个四岁的孩子靠墙排成一列，等待指示。他们不知道情况有多糟，不知道有人在大厅里一轮又一轮地射击。她告诉他们不要担心。他们还太小，只能相信她。		

　　完成以上练习之后，请依据你的体验做个反思。你是如何思考修改这些场景的？你是否遵循了表 10.3 第一列第一栏列出的、带圆点的修改步骤？你是否能够为这三个平淡无奇的场景添加富有活力且鲜明的描述？你有没有注意到，使用像"看"和"听"这样识别行为的词语会弱化原本强有力的句子？请重读你的修改版本。你能不能让这些句子更加紧凑，在一些突出的细节上精雕细琢，增加紧迫感，而删去那些仅仅增加负担的细节？

　　在对角色怎样以及应该怎样体验声音有了扎实的了解后，现在是时候将这一工具与其他工具结合起来去营造害怕与恐惧了。

第十一章　营造害怕与恐惧

在写作的世界中尽情燃烧吧！

——雷·布拉德伯里

你的角色害怕什么

有人整日焦躁不安，有人忧虑成疾，有人成天担惊受怕。更有甚者，有人终日活在恐惧之中。每个人都不可避免地有所恐惧。如果害怕不能被战胜，它就会演变成恐惧。

读者会与角色一起体验恐惧。这种被共同体验的恐惧会变成一种神秘的生物、一种妄想，甚至更糟的是，即使已经知道最后的结果，它还是会增加悬念。尽管结果已经注定，你还是能感受到角色的跌宕起伏，并为他们加油。这种现象在主题为生存和胜利的回忆录中表现明显，例如在《阿波罗 13 号》（*Apollo 13*）中。

世界上大多数人熟悉 1970 年 4 月阿波罗 13 号任务的相关事件。然而，杰弗里·克鲁格与宇航员詹姆斯·洛弗尔于 1994 年共同撰写的回忆录《阿波罗 13 号》[原名《失落的月亮：阿波罗 13 号的危险之旅》(*Lost Moon：The Perilous Voyage of Apollo 13*)]，仍然带来了令人欲罢不能的悬念。

这本书（以及一年后上映的电影）着重介绍了为使宇航员安全回家而做出的专心致志、纪律严明的努力。我们知道他们会成功，但看着地面团队只能小心翼翼地远程操作飞船上的设备进行工作，还是会让人感到极度紧张。我们从中观察到阿波罗 13 号宇航员经历了专家所说的三种普遍恐惧：死亡、被抛弃和无力感。作为作家，处理这些感受可以确保读者体验到与角色一样的害怕和恐惧。

害怕的积极面

害怕是帮助我们应对危险的早期预警系统。考虑到早期人类很容易被更大、更敏捷的掠食者捕食，他们必须创新自己的生存策略。根据野生动物保护主义者唐娜·哈特和人类学家罗伯特·W. 萨斯曼的说法，人类的繁荣有两个基本原因：一是人类比野兽更聪明，二是人类善于团队合作。

哈特和萨斯曼在他们 2005 年出版的《被狩猎的人类》（*Man the Hunted: Primates, Predators, and Human Evolution*）一书中描述了这些现象，并解释说：作为群体的一部分，人类都有一个内置的安全网。人类族群内的成员之间会对即将发生的危险进行相互预警，必要时还会互相帮助以击退攻击者。由于个人无法单独与那些巨大而凶猛的生物作战，所以，离开了团体，个人基本上是注定会失败的。

虽然不再受到蛇齿兽和迅猛龙的威胁，但人类似乎天生就害怕任何能威胁到我们社会接受度的事情。据《今日心理学》（*Psychology Today*）报道，两千万美国人都经历过某种形式的社交焦虑，或害怕被别人评判、拒绝或抛弃。我们对被排斥的共同而深刻的恐惧实际上是人类身体里的一部分，是刻在我们基因里的。因为这种恐惧——害怕不被喜欢、不被接受或不被接纳——是如此之普遍，所以你需要在了解它的基础上，要么让角色承受它带来的折磨，要么解释清楚为什么角色没有这样的痛苦。

当读者知道的比角色多时

害怕既可以是正面的也可以是负面的，这种两面性在制造悬念方面很有用处。例如，当你描述某个角色害怕某种情况时，读者并不知道这是好事还是坏事，除非他们能得到更多的信息才能做出合理的判断。

美国梅奥医院告诉我们，当人们感到焦虑时，他们会呼吸加快、出汗，并伴随出现其他症状。焦虑的生理表现与心理兴奋的生理表现是完全一样的。至于这种生理表现是好事还是坏事，关键还在于我们怎么看。

常见问题解答

问：恐惧症呢？患有恐惧症的角色是否应该和没患恐惧症、只是害怕的角色一样处理？

答：只有过度的、持续的和非理性的害怕才能称为恐惧症。你需要研究清楚角色患上的是哪种恐惧症，这样才能将其准确地表现出来，既不要过分夸张也不要反应不足。此外，角色有应对恐惧症的经验吗？也许他有相关的应对策略。也许他知道如何避免引发恐惧症。也许病情正在转好。任何符合逻辑的选项都是可行的，但你需要充分了解角色才能做出正确的选择。

在小说中，选择合适的恐惧症、确定患病的角色如何应对它都非常重要。但这还不够——你还须知道患者身边的人会如何对待他。

例如，在乔吉特·海尔的摄政时期爱情小说①《沙龙舞》（*Cotillion*）中，福斯特，即多尔芬顿勋爵（人称多尔夫），非常害怕他的母亲，有点类似于恐惧症。在某个场景中，多尔夫和他的未婚妻汉娜·普里姆斯托克正在堂兄休·拉特雷牧师家中等待堂兄。每次多尔夫听到马车驶来的声音，他都很害怕，并冲进一个柜子里藏起来，因为他认为这是母亲来追杀他了。当休回到家，发现多尔夫的躲藏行为时，休责备了他。普里姆斯托克小姐反驳道："躲在柜子里能让多尔夫感觉好点，又不会伤害到任何人，又有什么关系呢？"这种对多尔夫异常行为的务实观点，让读者对多尔夫和普里姆斯托克小姐两人有了更多了解，而拉特雷牧师的严肃反应也证实了读者一早对他的看法。

要小心，不要仅仅为了写作的方便而给某角色指定恐惧症。例如，你不想让某个角色使用电子邮件，于是就为他指定患有技术恐惧症。你不妨好好想想，如果角色患有技术恐惧症，他就不能做很多其他的事情，例如，驾驶一辆改装过的电动汽车。对于技术恐惧症患者来说，只是不使用电子邮件就显得故事安排得过于矫揉造作了。而你必须努力避免这种情况的发生。

顺便说一下，已经被发现的恐惧症有几十种之多，从洗澡恐惧症（害怕泡澡或淋浴）到动物恐惧症（害怕动物）都有。如果一个词典编纂者患有长单词恐惧症，即害怕长单词呢？其潜在的讽刺意味将会是令人叹为观止的。

---

① 摄政时期爱情小说（Regency romance）：爱情小说的一个子类型，通常将背景设定为英国摄政时期（1811—1820 年）或 19 世纪初。它不是简单地将当代的爱情故事搬到一个历史背景中，而是一个独特的流派；有自己的情节和风格惯例。乔吉特·海尔是这类小说作者的著名代表，著有二十多部此类作品。——译者注

我们如果认为某件事是负面的，就会用负面的标签来描述这种情绪反应，比如说"我很焦虑"。我们如果认为某事是正面的，就会用积极的标签来描述它，比如说"我很兴奋"。如果不使用这种正面或负面标签，而是直接展示出这种情绪，那读者则无法判断它是好事还是坏事。你可以将它束之高阁，以此来制造悬念，直到你准备好揭晓真相时为止（结尾技巧详见第十二章）。即使读者比角色了解的情况更多，他们仍然可能不完全理解某个角色的生理反应。例如，角色反应和读者的一样，还是出于读者还不知道或不理解的原因而出现了反应偏差？每种可能的情况都会产生充满悬念的复杂局面。

有时这种反应偏差表现出的是"否认"，例如，在角色本该感到害怕但却没有时。阿哈龙·阿佩尔菲尔德 1980 年出版的小说《1939 年的巴登海姆》(*Badenheim 1939*)，将故事背景设定在二战前夕的奥地利度假小镇巴登海姆。该书讲述了犹太度假者的故事，即使在被赶进牛车前往集中营的途中，他们也拒绝相信纳粹会伤害他们。这些人只顾着自己的小日子，完全没意识到噩梦即将降临。他们做出的唯一重大决策是：无视纳粹检查人员让他们移民波兰的建议。而不想搬到波兰的原因是那里的犹太人低人一等。他们担心自己的地位，却不在乎死活，这就是一个关于"无视"的典型例子，也是对戏剧性讽刺的一种典型表达。用哪个术语并不重要，你只要明白让读者知道的比角色多能够很好地制造悬念就够了。

基于害怕或恐惧的情节

有些故事的主要关注点就是害怕与恐惧。F. 斯科特·菲茨杰拉德曾经说过："给我一个主角，我就能写出一部悲剧。"人的害怕与恐惧可以为一个丰富而感人的故事提供充足的素材。请看表 11.1 中的三个典型示例，并留意我对每个示例中害怕与恐惧如何发挥作用给出的相应评论。

表 11.1　关于害怕与恐惧的情节示例

书名/作者/出版时间/体裁	背景	评论
《蛇穴》(The Snake Pit)，玛丽·简·沃德，1946年，半自传体小说	弗吉尼亚·坎宁安似乎患有精神分裂症。她被安置在精神病院，在那里她不得不面对暴行和僵化的官僚主义。尽管如此，她还是能够得到她需要的帮助。	这本书（以及两年后上映的电影）讲述的既是一个女人为精神健康而奋斗的故事，也是对一个悲惨且不人道的系统的揭露，它掀起了一股为规范心理健康行业而立法的浪潮。这本书的书名是一种古老的惩罚，也被用作酷刑，其起源可追溯到欧洲的传说和童话故事。"蛇穴"一词之所以与精神病院联系在一起，是因为早期的从业人员有这样的想法：如果将精神病患者置于一个会使正常人发疯的环境中，也许会产生相反的效果，使他们恢复心智。
《危险年代》(The Year of Living Dangerously)，克里斯托弗·J. 科奇，1983年，基于事实的小说	1965年，印度尼西亚正处于政治动荡之中。一场未遂政变导致了一场政府批准的、反共产主义的暴力清洗。超五十万人被屠杀。这本书讲述了一名西方记者、他的华裔澳大利亚摄影师和一个他们都爱的英国女人的故事。这段浪漫的三角关系在政治动荡中上演，是背叛与疯狂的对决。	混乱的政治气候呼应了每个角色所面临的内心动荡。书中还使用了皮影这一重要象征符号。在印度尼西亚，皮影戏经常以善与恶的对决为主题，小说也借用了这一主题并使之贯穿始终。

《不要熬夜》(*Don't Stay Up Late*)〔又名《恐惧街》(*Fear Street*)〕，R. L. 斯坦，2015 年，少年恐怖小说	丽莎·布鲁克斯一直为噩梦所困扰，这可能与她所遭遇的可怕事故有关，也可能与她在医院康复的那几个星期有关。为分散自己的不安思绪，她找了一份保姆工作，而此时她的朋友们却一个接一个地被谋杀了。	由于丽莎不明白为什么会发生这些谋杀，这使她变得非常脆弱。随着谋杀案的增多，她越来越被孤立起来，这也是一种增加害怕与恐惧的可靠办法（孤立技巧在第六章中有详细讨论）。

记住，能推动情节发展的不只是害怕和恐惧，角色对它们的反应同样可以。例如，一位从小受到良好教育的淑女，很可能不会做任何会被人认为是粗鲁的事情。比如我们假设一个场景，让一个男人吓得她心惊肉跳。他在同一幢大楼的较高楼层工作，但与这名女子不属于同一家公司。有一天，电梯停在她所在的楼层，而他是电梯里唯一的人。遇到这种情况，有些女人会假装自己忘了东西，然后等待下一班电梯。但因为不想冒犯他，这位女性角色还是会走进电梯。

害怕可以来自任何地方

一人觉得可怕的事，他人未必也觉得可怕。当然，有一些事是大家都会害怕的，比如死亡，但即使是这些普遍让人害怕的事也存在特殊的理解方式。例如，某个角色可能生活在对死亡的持续恐惧中，因为他患有街道横越恐惧症，即一种对过马路的非理性恐惧。

如果每次过马路的时候都要与这种恐惧症作斗争，那生活还怎么继续？你能想象吗？作为一名作家，在为角色指派街道横越恐惧症之前，你应该问自己以下几个问题：

- 角色在恐慌时会有什么表现？他在颤抖吗？他会呼吸加速吗？

- 当他走到路边时，会发生什么？他会害怕地停下来，僵在离街道一码远的地方，还是会勉强走到路边，但不敢再迈步向前？
- 他会不会隐瞒自己的病情，尽量不独自过马路？
- 他是感到羞愧，还是已经看开，抑或是为自己如此敏感而骄傲？

每种恐惧症都有其自身的界限和含义。请思考患有以下恐惧症将会对角色产生的影响：

- 恐高症：对高处恐惧。

这种恐惧症什么时候发作？是在十英尺高的地方发作，还是在过山车或摩天轮经过顶部时发作，抑或是在任何高于海平面的地方发作？

- 自由恐惧症：对自由恐惧。

自由意味着要做出选择。你如果从来没有被赋予做选择的权力，在突然要自己做出选择并承担由此带来的所有责任时，你就会感到害怕。

- 湖泊恐惧症：对湖泊恐惧。

角色是害怕所有的水体，还是只害怕湖泊？他是害怕所有的湖泊，还是害怕特定大小或深度的湖泊？

- 幽灵恐惧症：对鬼魂恐惧。

许多人都怕鬼，但幽灵恐惧症患者害怕看到与死人相关的任何东西。这种人的不同之处在于，恐惧妨碍了他们的社会交往。例如，角色可能无法参加葬礼或万圣节派对。

- 上学恐惧症：对学校恐惧。

如果角色患有上学恐惧症，也许与她小时候的可怕经历有关。比如，角色小时候有阅读障碍，但是大家都不知道，而粗心的老师却只是说她笨。

- 紫色恐惧症：对紫色恐惧。

通常，颜色恐惧症是由特定的创伤性经历造成的。也许角色成长于一个以体罚为法则的家庭。父亲在鞭打她时会让她穿上一件特定的T恤衫，而那件T恤衫是紫色的。由此，角色对这种颜色产生了恐惧。这个角色能吃茄子吗？能使用紫色的便利贴吗？会坐紫色的椅子吗？

不管是什么恐惧症，这种无所不在的折磨都会留下痕迹。角色生活中的其他人有什么反应？他们是支持角色，还是戏弄或嘲笑角色？他们是试图理解这些病症，还是认为它们愚蠢、幼稚、荒谬、根本不值一提？

这种深入的分析将引发细致入微的人物刻画，使你写出让读者欲罢不能的悬疑情节。他们会体会到那种害怕与尴尬。设想以下场景：九岁的皮特正要开始上空手道课时，他透过大玻璃窗目睹了一辆校车撞上了一辆卡车。他目瞪口呆地站在那里，眼睛盯着校车里的孩子们，看着他们使劲地敲打窗户，想要出去。皮特听不到他们的喊叫声，却能看到他们眼中的恐惧。从那天起，他就不敢接近黄色了。他为自己的黄色恐惧症深感羞愧，也从来没有告诉过任何人他的感受，包括他的母亲。

　　皮特现在已经上大学了，正和一个名叫南希的安静、勤学的年轻女子交往。

　　他为期末考试而紧张，并嫉妒南希能够不慌不忙地用功。她越用功，皮特就越焦虑。他一个字都看不下去了。这时，他的室友马克走了进来，也在担心期末考试的事情。马克一边从背包里抽出书本和文具，一边抱怨工作量太大。皮特在马克的文具中发现了一支黄色的铅笔，这使他的视线变得模糊起来。他抓住椅背稳住自己，然后闭上眼睛，用多年来学会的方法调节呼吸，不一会儿，他就无碍了。

　　他转过身去，心想："总有一天黄色会打败我的。"

　　故事继续向前推进 70 页。皮特刚完成一门科目的期末考试，觉得自己这门考砸了。下一门考化学，也是他学得最烂的科目之一。他已经从害怕变成了恐惧。马克兴高采烈地走进来，觉得自己考得挺好。皮特感到自己已经在压力下顶不住了，并为此而羞愧。此时，南希也走了进来，身穿一件漂亮柔软的山羊绒毛衣，黄色的。

　　皮特下一步会做什么？继续忍受，等待病症不可避免地发作，使他手足无措，还是向南希坦白？他会走出房间逃避，责备并怨恨她吗？他是否会大骂南希诱发了他的恐惧症，即使南希毫不知情？他会当场和她分手吗？他会愤怒地掐死她，然后把毛衣从她身上扯下来烧掉吗？

　　我打赌你一定想知道答案，这就是悬念的关键所在。

营造害怕与恐惧

　　只有在非常熟悉角色特点的基础上，才能准确描述某个角色对害怕与恐惧的感觉。就像每一项写作任务一样，知道你想表达什么会让写作变得更容易。正如我们之前讨论过的，不要给事物贴标签。提供感官信息，选择能阐明场景和角色行动的动词和名词，再添加一些特定的形容词和副词即可。

以布莱姆·斯托克开创性的小说《德古拉》（*Dracula*）为例。这部经典小说首次出版于 1897 年，通常被归类为哥特式小说或恐怖小说。该书讲述了德古拉伯爵试图从特兰西瓦尼亚转移到英格兰，希望找到新鲜血液，并进一步传播亡灵诅咒的故事。

《德古拉》采用书信体结构，故事通过一系列信件、日记和航海日志展开。这些书信的作者就是该书的主角和叙述者。（偶尔也会有一些报纸文章，是为读者提供主角未见证信息的唯一方式。）在以下这段来自第二章的节选中，请注意地理描述是如何集中于人物完全孤立的感觉上，而不是景色上。

也要留意作者对"重复法"的使用，它是一种修辞手法，指一遍又一遍地重复某个词（如下面示例中的"门"）。重复法是一种可靠的强调方式，在这个示例中它还代表着一种无声的绝望。

> 城堡建于可怕的悬崖边上。窗外掉落的石子会毫无阻碍地直落千尺！目光所及，是一片绿色的树梢，偶尔出现一条深深的裂缝，那是个峡谷。河流在峡谷中蜿蜒，穿越森林，拖曳出条条银线。
>
> 但我无心去描述这里的美景，因为当我看完景色，进一步探查后发现：门，门，到处都是门，紧闭着，上了栓。除了城堡墙壁上的窗户外，没有任何其他的出口。
>
> 这座城堡是个名副其实的监狱，而我是囚犯！

另一位用重复法来表达恐惧的早期作家是威尔基·柯林斯。柯林斯经常被认为是现代侦探小说的发明者。他的书经常被称为煽情小说，也就是 20 世纪中期所认为的地摊文学①。以下片段节选自他的小说《贝锡

---

① 地摊文学（pulp novels）：最初指一种兴起于 19 世纪末、终于 20 世纪 50 年代的美国廉价故事杂志，因其将故事印在未经加工的、带毛边儿的廉价木浆纸上而得名（pulp 有木浆的意思）。因杂志刊登的包含硬汉侦探、蛇蝎美人等各色犯罪故事及其低廉的价格，吸引了大量的工薪阶层阅读，所以将其称为地摊文学。——译者注

尔》(*Basil: A Story of Modern Life*)，首次发表于 1852 年。

家人希望主角贝锡尔能找个门当户对的妻子。然而，他却爱上了一个商人的女儿，这当然无法得到他父亲的认可，他只能在对权利的欲望和对爱情的忠诚之间做出选择。《贝锡尔》的结构和结局与詹姆斯·M. 凯恩的《邮差总按两遍铃》(*The Postman Always Rings Twice*)[①]相似，它既是一部关于背叛和复仇的悬疑爱情小说，也是对道德滑坡的控诉。

以下场景来自该小说的第五章，描述了贝锡尔与他父亲之间的决裂。通过对感官细节的描写，柯林斯恰如其分地捕捉到了每个人在绝望中的独特体验。阅读时，请留意贝锡尔的反应：他沉浸于悲痛之中时仍能够理解形势的严重性。在情绪激动时仍能感知事件长期影响的能力并不常见，这也揭示了贝锡尔的性格。

> 我没有听到回答，没有一个字，甚至没有一声叹息。我的眼睛被泪水蒙住了，脸也耷拉着；那时我什么也没看见。当我抬起头来，擦去糊住眼睛的泪水，向上看了一眼，心都凉了。
>
> 父亲斜靠在一个书柜上，双手抱在胸前。他的头向后仰着，他苍白的嘴唇动了动，但没有发出声音。在他仰起的脸上，出现了一种可怕的变化，其可怕程度就像死亡的变化一样无法形容。
>
> 我惊恐万状地跑到他身边，想抓住他的手。他立刻站直了身子，狂怒地把我从他身边推开，一声不吭。就在这可怕的时刻，在这可怕的寂静中，门外的声音以一种令人痛苦的清晰而欢快的方式穿透了房间。树木悦耳的沙沙声与远处街道上柔和而单调的马车车轮滚动声交织在一起，同时，风琴的曲调演奏出活泼的歌曲，清晰而欢快，像阳光一样轻盈而快乐地涌入房间。
>
> 有几分钟，我们分开站着，谁也没有动，谁也没有说话。我看

[①] 《邮差总按两遍铃》(*The Postman Always Rings Twice*)：英文原书中可能出现了笔误，将这部小说的名字写成了 *The Postman Only Rings Twice*，实际应该为 *The Postman Always Rings Twice*，特此说明。——译者注

见他掏出手帕，用它捂着脸，又一次靠在书柜上，喘着粗气。当他收起手帕，再次看向我时，我知道他那股剧烈的痛苦已经过去，最后一场父母之情和家族荣耀之间的艰苦斗争已经结束，从此将父子分开的鸿沟已在我们之间永远打开。

在本章中，我们探讨了利用害怕和恐惧制造悬念的潜能。为发挥它们的最大效用，还可以添加感官细节来增强描述的真实性。

在修改表11.2中的场景之前，先要确定角色的真实面貌及他们的恐惧所在，然后导入那种情绪。只要为恐惧找到可行的内在驱动力，你就能将故事引向任何你选择的方向，而且效果会非常好。如要进一步加强恐惧感，还可以用感官描写取代"讲述"类的表达（如"看到、听到、感觉到、了解到、观察到、认识到、意识到"等）。在下面的练习中，请争取将普通事件写成能明确传达恐惧的小型场景。

表11.2 练习：营造害怕与恐惧		
场景	如何改进	改写版
吉姆看到一道光闪过，怀疑是不是隔壁那个可怕的疯子在放烟花。火花落到了他的草坪上。他是很可怕，但吉姆想：我必须阻止他，免得他烧掉我的房子。吉姆一回头，看到了玛吉。	● 删除"看到"（两处）。 ● 修改没有新意的"一道光闪过"。 ● 删除"怀疑"。 ● 添加细节，将模糊的表达"可怕的疯子"写得更具体一些。 ● 添加对烟花特殊性的描写。 ● 添加更多对吉姆与邻居交谈时有何感受的描写。	一道黄色霓虹射入夜空。落下的火花烧焦了距离吉姆五英尺远的一块草地。 吉姆想，是时候去会会这位邻居了。他也许是个嗑药的疯子，但我也不能让他把我的房子烧了吧。 吉姆回头瞥了一眼，玛吉就站在厨房的水槽边。 又一颗烟花炸开时，他转身向邻居家走去，昂起头说："干了。"

我没有听到他对我说的每一个字。我所看到的只有那把枪——巨大、黝黑且致命。		
丽娅听到储藏室里有人在笑。她不知道发生了什么事。可能是花痴阿米莉亚和她最新的受害者在一起。但也可能是贝蒂·比阿特丽克斯在吓唬某个可怜的笨蛋。丽娅必须进去拿文件——她的老板正在等她。		
在我八岁那年，父母大吵了一架。爸爸把妈妈推到墙上。我从椅子上溜下来，藏到桌子底下。我捂住耳朵，闭上眼睛祈祷。		

营造害怕与恐惧的另一项技巧是：别向读者吐露得太多太快。但缓慢揭晓答案是一项复杂的任务，我们将在第十二章中对此进行探讨。

第十二章　慢慢揭晓答案

知道所有的答案只会让人觉得无聊。

——杰克·拉兰内

激发读者的好奇心

叙事问题,即作为故事主要驱动力的关键渴望或冲突,不应该被过早或完全地解答。让读者产生疑问的写作才能制造悬念。

梅瑞狄斯·安东尼在她的短篇小说《广告公司谋杀案》(*Murder at an Ad Agency*)中就使用了这种技巧。这部小说最初于 2013 年发表在《埃勒里·奎因推理杂志》(*Ellery Queen Mystery Magazine*)上。安东尼留给读者的问题多于答案,并由此制造出扣人心弦的悬念。

> 真正多余的人是:你老板养在办公室里的毒瘤。珍妮叹了口气。时值午夜,空调房里陈旧的空气中弥漫着中国菜和劣质咖啡的味道,还有那淡淡的、甜美的、无可置疑的腐败气味。

为了实现这一悖论——揭晓答案的同时还能创造悬念——你需要创造血肉丰满的人物,并慢慢剥开他们的个性、特征、意图和/或动机的层次。要实现这种由角色驱动的对答案的缓慢揭晓,使用"不可靠叙事者"是一种可靠的办法。

利用不可靠叙述者制造悬念

"不可靠叙述者"就是其字面含义,有时读者直到故事结尾才能知道某个叙述者不可信。有时某个叙述者从一开始就会公开表明他不可信的身份。

例如,安妮·恩赖特 2007 年的小说《聚会》(*The Gathering*,该书获得了布克奖)以叙述者维罗妮卡开篇,她说她想讲述自己童年时的一件事,但不知道自己能否做到,因为她不确定那件事是否真的发生过。从这句话中,我们已经知道不能相信这个叙述者,但不清楚为什么她对自己记忆的真实性不确定。她是在告诉我们，仅仅是因为时间的流逝才导致她的记忆力不稳定，还是有更深层的原因？她是患有妄想症，还是精神疾病？在《聚会》中，维罗妮卡必须调查秘密和谎言才能揭开真相。如果某个叙述者对事件的描述不可信，那么读者就必须等待情节的发展，直到真相大白。

从作家的角度来看，让某个角色存在记忆困难是完全站得住脚的。"清白计划"是一个非营利组织，致力于通过基因对比测试为被错误定罪的囚犯洗清罪责。据该组织报告，近四分之三成功解救案例中的误判因素都是错误的目击者证词。

不仅如此，这些案例中大约三分之一都采信了多个错误的目击者证词。没有证据表明目击者故意撒谎（至少在大多数情况下如此），因为记忆本身就是不可靠的。

回忆并不等于回放脑海里已经存在的电影。认知心理学家认为，回忆来自记忆的重塑，而不是重播。重塑记忆的过程，就像用零碎的感觉和认知作线，收集起来再织成一块完整的布。如果找不到全部的原材料（也很少能全部找到），根据定义，这就是不完整的记忆。此时，我们会去填补那些记忆空白，根本意识不到自己在创造记忆。我们认为自己能准确地回忆起事件、情绪和态度，但通常情况下我们都做不到。

更复杂的是，人类倾向于相信能够验证我们已有价值观的东西，所以我们会用自认为正确的内容来补充记忆。这一过程将在无意识间完成，尤其是当创伤性事件首先阻碍全部或部分记忆的形成时。怀着对世界的美好意愿，角色会坚持认为他们对某一事件或情感的记忆非常准确。他们说话时可能会无比自信，甚至带着些许傲慢，但他们的记忆却可能大错特错。

不可靠叙述者之天真者

有些叙述者的不可靠在于他们缺乏世俗知识。也许是因为他们还太年轻，无法理解事件的背景或蕴意。马克·吐温 1885 年的小说《哈克贝利·费恩历险记》（*The Adventures of Huckleberry Finn*）中的主角哈克贝利·费恩就属于这一类。哈克属于迷人的纯真类型，但由于太年轻且阅历不足，他会错误地解读事件和人物，得出错误的结论并置自己于险境（如陷入骗子团伙）。由于他的天真很切实，因此他的行为也变得很可信。透过哈克的世界观，读者可以用天真的眼光去思考复杂的问题，即使会有些偏颇。

由于汤姆·索亚决定充分利用他们的冒险经历，哈克的生活因此变得复杂起来，且出于天真，他毫不怀疑地接受了汤姆的计划。例如，汤姆精心策划了一个方案来解救逃跑的奴隶吉姆。这一方案极其冒险，但也制造了巨大的悬念。在故事结尾揭露真相时，读者才了解到在拯救计划出现之前汤姆已经知道吉姆的主人死了，且将吉姆的所有权转给了他。延迟披露这一关键信息使故事产生了悬念。不过，这里对真相的延迟披露显得很自然，因为读者了解汤姆的性格：他会完全不计后果，甘冒不必要之风险，他本性就是如此。

不可靠叙述者之有罪者

与天真者不同的是，许多不可靠叙述者根本没打算讲真话。有时候，就像艾维 1992 年的少年小说《真相至上》（*Nothing But the Truth*：*A Documentary Novel*）中那样，叙述者会为了掩盖弱点或失败而撒谎。艾维（纽伯瑞奖得主爱德华·欧文·沃蒂斯的笔名）使用书信体结构讲述了菲利普·马洛伊的故事。

菲利普是新罕布什尔州的一名田径明星，他把自己在班上的糟糕表现归咎于他九年级的英语老师纳温女士。因为考试得了 D，他不能再参加田径比赛了，但他没有告诉父母真相，反而说他对田径不感兴趣了。纳温老师认为菲利普小声哼唱国歌是对国歌的不敬，后来这一问题引起了全国对爱国主义的本质和作用的关注。

该书贯穿始终的一个重要主题是对真相的剖析。不同的角色会说出他们知道或认为的真相，但当这些陈述放在一起时，我们最终会发现，即使无人说谎，也存在对真相的曲解。由于出现了一个事件的多种版本，读者必须等到该书的结尾才能了解到真相。刚开始时，读者可能会怀疑菲利普所说故事的真实性，因为他们知道菲利普对父母撒谎了。但他们大概是不会去质疑的，因为大多数读者会同情身处困境的菲利普，并认同他的反叛之举。

有时候，有罪的不可靠叙述者会更加清晰。阿加莎·克里斯蒂的《罗杰疑案》和吉莉安·弗林的《消失的爱人》都属于这一类。

不可靠叙述者之偏见者、有精神压力者、有精神疾病者

为了让不可靠的叙述发挥作用，你必须为相关角色安排明确的动机。例如，在葆拉·霍金斯于2015年出版的《火车上的女孩》一书中（该书在第八章和第九章中也有过讨论），瑞秋就是不可靠叙述者，因为她是透过绝望的阴霾来看待这个世界的。另一个叙述者安娜也不可靠，因为她对瑞秋怀有偏见。瑞秋认为自己已毫无希望，而安娜认为瑞秋是为了报复。两个女人都认为自己是对的，而实际上她们都错了。只有当她们信任彼此时，读者才能了解真相，而直到故事结尾才发生了这种转变。

肯·凯西1962年的小说《飞越疯人院》（*One Flew Over the Cuckoo's Nest*）中的叙述者布罗姆登酋长也不可靠，因为他被诊断患有精神分裂症，存在精神疾病。虽然布罗姆登酋长讲述了包括幻觉在内的一些事件，如人的膨胀和缩小以及墙壁会渗出黏液等，但小说的根本主题还是社会为了维护自己的标准而谴责非传统行为，并贯穿故事始终。20世纪50年代末，心理健康护理的非人性化特质在全书中表现得非常强烈，但只有在结尾处，当布罗姆登酋长拒绝再接受治疗时，微妙控制的潜在残酷性才变得清晰起来。根据故事结局的交代，布罗姆登酋长获得了自由，以前的一切错误行为也得到了纠正。

> **揭示真相需要角色具有复杂的性格**
>
> 以案例#1中的主角凯拉为例，她的处境有些特殊，你应该还记得在表9.2中提到过："凯拉想要安全感。她渴望稳定。"为了在这部家庭惊险小说的后面还有东西可交代，我需要增强凯拉性格中的复杂性。有什么是与渴望安全感和稳定相反的呢？将她置于危险之中如何？或者让她参与有风险的活动？比如，让她到酒吧里勾搭男人胡混，或让她拿房租去赌博。
>
> 我并不是说一定要把这些有风险的行动都指派给凯拉，但我需要隐藏一些秘密或出乎读者意料的行为，这样我以后才有东西可以透露。为达到这个目的，为角色添加与其公开的或表面的性格相反的东西是个可靠办法。

留住悬念

慢慢交代真相需要遵循以下步骤：

（1）让读者看到角色积极或消极的一面。

（2）设置一个或多个事件，迫使或允许角色的行动与其已经树立的形象相反。

（3）从相反的角度展示事件。

（4）揭示真相。

假设主角阿丽莎曾是企业的信息技术骨干，现在做家庭主妇。设计这样的场景以展示她对丈夫和孩子的爱：阿丽莎正在做桃子罐头，并将写着"好小子！""好姑娘！"的字条塞进孩子们的午餐盒。她在家里经营一个小型的在线备考网站，使她和计算机世界还保持着那么一点联系。请看以下缓慢交代真相的步骤：

（1）阿丽莎对家庭的奉献体现在她的日常行为中。她还每天花几个小时维护她的备考网站、更新题目、监控销售数据及评估客户的表现。

（2）在小说进行到一半时，让阿丽莎访问她网站中的一个隐藏部分。她利用化名和境外诱饵，侵入一家大型考试机构，窃取并出售即将到来的考试的考题。

（3）阿丽莎与一个叫伊恩的中年男人会面，向他恳求让她退出。伊恩却变本加厉，威胁她如果不继续窃取和出售考题，就曝光她。

（4）阿丽莎去了联邦调查局，坦白了她在案件中所扮演的角色，并解释说，因为想帮助她的丈夫考入法学院，她才想到去窃取考题。且直到现在，她的丈夫都不知道阿丽莎做了什么。他还以为他在法学院入学考试中表现良好是因为自己学得好，阿丽莎只是帮助他很好地学习了最重要的部分。阿丽莎还透露，伊恩是一家官方考试机构的安全主管。当伊恩发现阿丽莎入侵了公司的电脑后，他非但没有举报，反而强迫她继续干，出售考题并把大部分赃款交给他。

很明显，阿丽莎偷考题来帮助丈夫的行为是错误的，但她做错事的原因是正当的——为了帮助她爱的人。她没想从中牟利，并不能改变案件的非法性事实，但如果与想赚钱比起来，这可能会让读者觉得她没那么坏。当然，事件的两面性也提升了角色和情境的复杂程度。随着情节点的逐一揭示，读者对角色的看法发生改变，同时悬念也愈加增强。

通过叠加相互矛盾的信息来改变读者的看法这一手段，适用于所有体裁，也包括纯文学小说。下面的短篇小说《卑鄙的黄夹克》（Mean Yellow Jacket）是由 G.D. 彼得斯所著，首次发表在 1998 年 11 月的《读者休息室》（Reader's Break，松林出版社）上。彼得斯在他对耶利米爷爷财产的描述中加入了揭示人物性格的信息，但并没有透露真正的答案。读者需要跟随克里斯多夫（《卑鄙的黄夹克》中的叙述者）的指引，才能理解发生了何事及具体原因：

> 当我问耶利米爷爷是否说了什么遗言时，护理员脸上露出了古怪的表情。
>
> "卑鄙的黄夹克。"她说。
>
> "卑鄙的黄夹克？"
>
> "他是这么说的，"维莉证实道，"是卑鄙的黄夹克。"维莉是个

上了年纪的女人，很讨人喜欢。

"他有说这是什么意思吗？"

维莉皱起眉头，回想我刚才问她的话。

"他说完那句话之后就断气了。"她摇着头说。

她慢吞吞地说着，搓着手，不时停顿一下，抿着嘴唇，舌头发出啪嗒的响声。"情况不妙时，他们才叫我进来。他们已经无能为力了，我只能就那么跟他待在一起，你懂的，就只剩顺其自然了。他知道自己没有多少时间了，明白吧？他只是安静地躺在那里，他脸上挂着奇怪的微笑，好像枕头下面藏着什么秘密似的。"

"是吗？"

"他就是不停地笑，然后开始点头并拉了下我的手指，让我靠近些。就这样，我凑过去，他的嘴咧得更开，几乎要大笑起来，接着上下点头，好像要告诉我他的秘密。我把耳朵凑近他的嘴边，听到他说'卑鄙的黄夹克'，然后他就断气了，脸上还挂着那种微笑。这真是我见过的最奇怪的事。"

维莉换完了床单。

"我不知道米斯塔·耶利米没有亲戚，"她说，"他是个好人。我和他在这儿都待了快二十年了。"

我感谢维莉，感谢她为耶利米爷爷所做的一切，包括在他生命的最后时刻陪在他身边。我握着她的手，转身离开时把一张二十元的钞票压在她掌心。

"谢谢你，米斯塔·克里斯多夫，"她说，"衷心地谢谢你。"她边说边把钞票塞进围裙口袋里。"克里斯多夫先生，"我走到门口时，她对我说，"能请你帮个忙吗？"

"当然，维莉，你说？"我转过身说。

"自从米斯塔·耶利米过世后，这件事就一直困扰着我。如果你弄明白了他最后那句话的意思，请告诉我，我会非常感激你的。"

我明白了。这是一个垂死之人的临终遗言，维莉却理解不了他分享给她的秘密。真是令人坐卧不安啊，看来她只是想要个解脱。

"没问题，维莉，"我说，"我会告诉你的。"

在开车离开山景养老院时，我旁边的座位上放着一个纸箱，里面装着耶利米爷爷仅存的几件遗物。如果不是因为维莉的临别请求，我也不能确定是否还会进一步调查这件事。虽然我知道有这么个人，但实际上耶利米只是我一个远房亲戚。耶利米是我堂妹瑞秋姥姥的长兄，我和瑞秋是堂亲，所以耶利米爷爷实际上不是我的血亲。但作为唯一在兰开斯特郡附近的家庭成员，我接到了电话，要在养老院里为他做一些最后的安排。

瑞秋帮我联系上了她舅舅威廉·布雷特，他是耶利米的外甥。我们是在兰开斯特郡弗兰克·丘奇律师的办公室见面的。威廉舅舅请我出席遗嘱的宣读。我对法律程序不感兴趣，但我想威廉可能对耶利米爷爷的传奇过去多少有些了解，尽管我知道他也不能真正解开我的疑惑。

"我对耶利米的了解也不多，你都已经在记录他探险的杂志文章中读过了。"威廉告诉我，"除此之外，我唯一知道的另一件事是，他小时候曾卷入一桩重大谋杀案的审判，不知怎么就被卷入其中，但一直没有破案。"

遗嘱的宣读过程非常简短。遗嘱只是规定：耶利米仅余的全部财产，即我从山景养老院拿到并交给律师丘奇的纸箱里的那些，将移交给任何签收它们并将它们从养老院运走的人。据丘奇先生所说，这些财产现在归我所有了。我想把它们送给威廉舅舅，但他拒绝了。

"耶利米的遗嘱我们都听到了，"他说，"这是他给你的，不管他的理由是什么，我都尊重他的遗愿。"

当我在沙发上坐下时，电视屏幕上静静地闪过凌晨2：30重播的本地新闻。我面前的茶几上摆着那个纸箱。我先前只是粗略地看了一眼里面的东西，但现在觉得有必要以一种小小的姿态来纪念他的一生，哪怕只是向他的遗物表示敬意。我意识到，我是这些遗物默认的唯一继承人和受益人。

我把里面的物品一件一件地拿出来：一件衬衫，显然是用不熟悉的布料手工缝制的，上面的图案让人联想到古代的阿兹特克文明。由于耶利米成年后一直在探索地球上最遥远的角落，有这件衣服似乎很正常。还有一条旧得褪了色的蓝色牛仔裤，仔细一看，我发现是李维斯公司早期的产品，也许是上世纪末的产品。有些人收集这些旧东西，但显然，这只是耶利米的日常衣物。一双穿得很旧的皮靴，鞋带已经磨损了，但还能系住。一条手工缝制的皮带，配有黄铜扣和黄铜环，看起来很老旧，像是在小比格霍恩战役①或O. K. 科拉尔枪战②时穿过的，可能还真是的。一顶纽约扬基队的羊毛棒球帽，又旧又脏，帽檐下印着一个数字"3"，已经褪色了，但还能辨认得出。我在想贝比·鲁斯③的号码是什么，但是……啊，不可能的。一把海军陆战队的口琴，看起来好像是有史以来的第一把口琴，可能是耶利米在本世纪初他还年轻时保留下来的东西。一个大约产于1961年的邓肯牌悠悠球，透明的绿色塑料，但配了新线。维莉曾告诉我，耶利米每个月都喜欢在娱乐室看电视的时候玩几次悠悠球。一枚1934年的"百年灵"牌飞行员款计时表，有两个按钮，就连我都能看出这块表相当值钱。纸箱底部是两本书。其中一本是《哈克贝利·费恩历险记》的原版精装本，上面还有明显是作者所题的字："献给小耶利米，S. 克莱门④。"另一本是《丧钟为谁而鸣》(For

---

① 小比格霍恩战役（Battle of the Little Bighorn）：北美几个土著部落与美国军队之间的一场战役，以美国军队的失败而告终，发生于1876年。——译者注

② O. K. 科拉尔枪战（Gunfight at the O. K. Corral）：美国维吉尔·厄普领导的执法者与自称"牛仔"的反政府组织成员之间的第32次枪战。它被普遍认为是美国旧西部历史上最著名的枪战，地点位于亚利桑那州，时间为1881年。——译者注

③ 贝比·鲁斯（Babe Ruth）：美国职业棒球运动员，是与拳王阿里、球王贝利、飞人乔丹相比肩的传奇人物，有"棒球之神"之称。他1918年转会到扬基队，在扬基队的号码就是3号。这里，作者怀疑耶利米留下的棒球帽是贝比·鲁斯戴过的。——译者注

④ S. 克莱门（S. Clemens）：这里指《哈克贝利·费恩历险记》的作者马克·吐温，但马克·吐温只是他的笔名，他的原名正是萨缪尔·兰亨·克莱门（Samuel Langhorne Clemens）。——译者注

Whom the Bell Tolls），也是初版，上面也有题词，写道："献给耶利米，为这次伟大的旅行，谢谢你。欧尼①。"这些就是耶利米爷爷留下的所有东西了。纸箱底部还衬着一层旧报纸，我好奇地把报纸仔细地翻了出来，想看看报纸的日期和版次。有一张是1967年的《兰开斯特日报》。我仔细阅读了各篇文章的标题，在其中找到一篇对耶利米的采访，内容如下：

> 兰开斯特，4月8日——在印第安人事务局的联邦特工拜伦·博汉南被杀五十周年之际，作为唯一的目击者，六十八岁的费城人耶利米·布雷特说，尽管最初的两个嫌疑人已经去世，但他无法对艾恩维尔二人组的秘密提供进一步的说明。
>
> "作证时我就说过我不知道。"布雷特说，他是一名考古学家和探险家。"要是不信，就让他们以伪证罪审判我啊。我可以告诉你的是，当时有两个人受审，但我确定约翰·斯多平·波尼当晚并不在场。我现在只能说这么多。也许等我快死的时候会告诉你。"他说道。这让历史学家们几乎不可能再弄清楚到底是谁杀了拜伦·博汉南。

另一份剪报整齐地夹在第一份报纸里，是1917年的《费城纪事报》：

> 费城，9月20日——一个联邦陪审团今天宣布，被控于4月8日谋杀印第安人事务局特工拜伦·博汉南的肖尼族印第安人艾恩维尔二人组被无罪释放。特工拜伦·博汉南曾被控强奸并杀害了十三岁的肖尼族女孩苏·斯坦丁·沃特。由于当时唯一的目击证人、同样来自艾恩维尔的十六岁的耶利米·布雷特无法确定凶手的身份，两名被告——二十八岁的约翰·斯多

---

① 欧尼（Ernie）：这里指《丧钟为谁而鸣》的作者欧内斯特·米勒尔·海明威，欧尼是欧内斯特（Ernest）的简称。——译者注

平·波尼和十七岁的约瑟夫·耶罗·杰克①——被判无罪释放。

在联邦检察官约翰·巴尼特的盘问下,布雷特拒绝改变他的证词,同时承认他之前对当局的陈述,即他的确目击了案件的发生。"我是看到了,"他作证说,"但我没看到是谁干的。"

布雷特承认他是耶罗·杰克和受害者斯坦丁·沃特的朋友,而耶罗·杰克是斯坦丁·沃特的哥哥,但他拒绝回答斯坦丁·沃特是否是他的女朋友。他作证说,当时天太黑了,他无法指认是谁杀了人。

我把闹钟定得比平时早一些,因为我知道维莉八点开始上早班。她误解了耶利米的临终遗言。我自己重复着那句遗言,但这一次,说得很慢。

常见问题解答

问:揭露真相的时候,多慢才算太慢呢?如果节奏放慢得太多,会不会让读者感到无聊呢?

答:你提出了一个有趣的区别。注意,是放慢揭露真相的速度,而不是放慢故事节奏。你可以使用以行动为导向的事件(而不是反思或个人沉思)来加快节奏,也可以用对话(而不是阐述)来加快节奏。为角色的性格添加多面性,然后通过以行动为导向的事件和对话将其展示出来,一次只展示其中的一面,这样就可以在放慢揭露真相速度的同时保持快速的故事节奏。

---

① 约瑟夫·耶罗·杰克(Joseph Yellow Jacket):约瑟夫·耶罗·杰克的中间名和姓分别是 Yellow 和 Jacket,如果把它们看成普通名词,就是"黄色夹克"的意思,暗指耶罗·杰克就是杀害特工的凶手。从后一篇报道中基本可以猜测出整个故事的悬念,即耶利米爷爷与被害的女孩苏·斯坦丁·沃特是恋人关系,女孩的哥哥耶罗·杰克为帮妹妹报仇而杀害了特工拜伦·博汉南,而耶利米爷爷为帮耶罗·杰克逃脱惩罚而作了伪证。耶利米爷爷最后遗言中的三个词是"Mean Yellow Jacket",护理员将其理解成了"卑鄙的黄夹克"。我们已经知道 Yellow Jacket 是指耶罗·杰克,但其实 mean 一词还有好勇斗狠、睚眦必报的意思,所以耶利米爷爷真正想说的应该是"有仇必报的耶罗·杰克"。——译者注

缓慢揭露真相的三种技巧

使用具有多重含义的陈述、能够进行开放式解读的陈述，或者能够引出问题的陈述，都是聪明的办法，这样既可以鼓励读者参与进来，也可以设置恰当场景让真相缓慢展示自己。让我们来看看这三种技巧：

具有多重含义的陈述

我们已经讨论过陈述不应过于笼统。说"她是个快乐的孩子"可能就太笼统了。增加具体内容可使你将这句话改进为："她总是微笑"或"她对周围的环境很感兴趣"，或者"她喜欢眼神交流"。这些具体的陈述明显强过平淡而含糊的"她是个快乐的孩子"，而且提升了可信度并增添了趣味。然而，有时候，你可能也需要一个笼统的陈述来表达多种含义。

例如，当一个连环杀手被逮捕时，他的邻居和同事通常说："他是个很好、很安静的年轻人。"这句话有多重含义，如可能代表他很有礼貌但很害羞，或者他很内向、喜欢独处，或者他私下里做些不为人所知的勾当。如果让读者提前了解角色的私人世界，再让邻居说出这句被用滥了的陈述"他是个很好、很安静的年轻人"，读者就会心领神会地点点头。

能够进行开放式解读的陈述

正如我们在第十章中所讨论的，写作的目标应该是清晰明了的，但有意的模糊则完全是另一回事。你可以将模糊性融入对角色的描述中，以反映人们不是单调的生物，而是具有多面性的。你甚至可以创造具有双重"自我"的角色，就像艾德·麦克班恩 1971 年的警匪小说《莎迪死时》(*Sadie When She Died*) 中的谋杀案受害者一样。被杀害的女人叫莎拉，在家里时是个悍妇，但晚上外出时她就变身莎迪——一个性爱狂人。

有时，使用模棱两可的句子结构也会产生有用的误解。请看下面这个句子：我看到那个男孩用双筒望远镜。这是否意味着我看到了那个男孩在用双筒望远镜？还是说我用望远镜看到了那个男孩？你可以让读者先假设是其中的一种含义，这样读者就会被带偏。然后，你再说明是读者错误解读了你的意思，从而达到缓慢揭露真相的目的。

能够引出问题的陈述

如"妆都盖不住莉蒂亚的熊猫眼"这样的陈述，可让角色向你选择的任何方向发展，并为真相的缓慢揭露设下完美的场景。为充实这一情景，请看下面一对老夫妇弗兰克和波比之间的交流：

"妆都盖不住莉蒂亚的熊猫眼。"波比一边擦眼泪一边说。

弗兰克用力拍了下扶手椅："狗娘养的！"

"我们竟不知道会是伊桑。"

"还能有谁？除了他还会有谁打莉蒂亚？"

"她跟我说是摔的。"

"我要杀了他。等着吧，狗娘养的。这样，咱们的宝贝女儿就不用再担心摔倒了。"

波比抚了抚裙子，然后看着弗兰克："我也能帮忙。"

一百页之后，当弗兰克和波比还在策划他们的行动时，读者得到了这样的消息："她怎么又被打黑了一只眼睛？"弗兰克问道，"伊桑从周五起就被关起来了啊！"

要创造微妙情境和复杂角色，然后让他们自己缓慢揭露真相，使用这三种陈述技巧都是可靠的办法。在接下来的练习中（见表12.1），请观察并练习这三种技巧是如何推动故事发展并缓慢揭露真相的。

使用本章讨论的内容，请尝试把"我一点儿也不了解我父亲"这句话扩充为一个充满秘密的角色或事件，以供在后面的故事中慢慢揭露。在动笔时，请思考这些问题：

- 是谁说的这句话？
- 为什么说话者不了解自己的父亲？

- 什么叫"了解"？是字面上的意思，还是一种隐喻，抑或是《圣经》中的含义？

表 12.1　练习：慢慢揭露真相的三种技巧	
方法	你的场景
具有多重含义的陈述	
能够进行开放式解读的陈述	
能够引出问题的陈述	

在知道了想表达什么及为什么、让谁表达、如何表达，以及表达的信息代表了什么之后，就该考虑句子本身的写作了。

第十三章　　写出精彩的句子

无与伦比的短句总让人觉得已无须多言。

——让·罗斯丹

清晰表达含义

要想成为一名成功的作家,你需要遵守基本的会话语法规则(当然也有例外,比如用方言写作)。你无须成为一名语法家,也不用拘泥于学术写作的正式规则,但你必须理解语法、标点符号和清晰性之间的关系。

注意,我使用了"会话语法"这个词。在正规写作中,你不应该把"还有""但是""因为""因此""所以"以及其他类似的词放在句子开头。这些词适合小说或纪实文学作家使用,因为用这些词开头的句子才是人们真正的说话方式。如果想反映现实世界,用这些词开头也无妨。但使用这些连词和过渡词开头也在某种程度上反映了作家的懒惰。例如,用"但是"开头的句子可以直接省略这个词。还可以在句子中间的某个地方插入"尽管"或"然而"这样的词。最要紧的是:每个句子都应有自己明确的目的。

在这一章中,我们将学习如何构建句子,以最大限度地发挥它们制造悬念的潜力。

构建句子的两条注意事项

一旦你准备好写作,就该深入研究如何构建句子了。总体来说,构建句子应注意两点:一是平均长度不超过 20 个词,二是要能够推动故事发展。

超过 20 个词、由多个分句组成的复杂句子能将读者带入故事的世界,像来到一处抒情的茧房。对许多读者来说,即使是严酷的主题,这样的长句也能使他们放松,就像漫步于安静的乡间小路。长度本身代表着对情绪和信息的封装,并允许读者去探索、发现与反思。短句产生的效果则相反，它会加剧紧张气氛，就像在拥挤的城市街道上乱冲乱撞一样。一般来说，写作时应长短句结合使用。

- 使用长句来营造情绪。
- 使用短句将读者推入紧张的行动之中。

无论句子长短，它们都应推动故事向前发展。不要滥竽充数，不要跑题。用一两句话来介绍幕后故事足矣，不要太多，它们的作用是解释当前事件，而不是倾泻信息。对话也一样，也要能推动故事前进，每一句对话都应有所作为，而不是"空谈"。

力求句子长度多样化

20 个词的长度标准不是枷锁，而是生命保障线。遵循这一参数，写作就不至于漫无边际、胡言乱语、异想天开，或是一味地堆砌辞藻。此外，遵循这一参数仍能保持巨大的灵活性。例如，一段话由以下五个长短不一的句子组成，取平均值后仍能达到一个合适的长度：

第一句：30 个词。

第二句：16 个词。

第三句：4 个词。

第四句：42 个词。

第五句：8 个词。

把每句话的词数加起来除以 5，你会发现平均句子长度正好符合 20 个词的标准（100÷5＝20）。无论你分析作品的单位是一节、几句话、一段、一章，还是整个手稿，要达到的目标都不是写下一个又一个 20 个词长的句子，而是要用长短不一的句子去创造令人愉悦的节奏并服务于不同的目的。

想要鼓励读者思考，让他们在故事中徜徉，那就写长句。想让读者体验故事中的紧张与激情，那就写短句。

一些最美的描写都是长句。例如琼·狄迪恩在 2005 年的回忆录《奇想之年》（*The Year of Magical Thinking*）中写下了这个长达 72 个词①的句子：

> 随后几个星期，乃至几个月间，我原有的观念，那些关于死亡、关于疾病、关于机遇和运气、关于幸运与霉运、关于婚姻孩子和记忆、关于悲哀、关于人们如何应付和逃避死亡的方式、关于精神正常的肤浅定义、关于生活本身的观念，统统都动摇了；而我现在正打算试着去理解那一段日子。

很少有读者能忍受读上一整本 70 个词以上的长句，但这并没有削弱这一充满飞扬思想句子的力量，它是如此发人深思。然而，句子不需要太长也可以很优美。比如，狄迪恩写在 72 个词长句后面的 8 个词短句："我毕生都在写作。"

请记住，对句子长度的选择需要更多的思考，而不是仅仅遵循一个任意的数字或公式。有时，你需要忽略规则或建议，因为特定的消息需要以特定的方式传递。劳伦斯·莱特在他 2005 年的惊险小说《招摇撞骗的大亨》（*Too Rich to Live*）中写下了长度变幻多端的句子，但小说开篇都是均值为 12 个词的短句，极好地建立了扣人心弦的节奏。莱特用不同的句子长度来揭示人物及暗示行动（他甚至还用了一个短语），并证明了一组短句也可以创造连贯的节奏。请看下面这段节选：

> 爱德华·丹东穿着燕尾服站在那里，听着博物馆慈善晚宴的喧闹声。他从来都不是那种会杀人的人。他曾经有过愉快的笑容，但现在每个笑容都是假装的。他以前最喜欢的电影是《普通人》（*Ordinary People*），现在却变成了《危险关系》（*Dangerous Liaisons*）。他曾经谈过恋爱，但已忘记了那种感觉。
>
> 如果爱德华·丹东没有早早地坠入爱河，他就不会成为一个杀

---

① 这句话的英文原文是 72 个词，译成汉语后是 114 个字。下文提到的词数和句子数均为英文原文中的情形和句子数，不再一一说明。此外，这句话的译文转引自陶泽慧的译本《奇想之年》（北京：新星出版社，2017）。——译者注

手。他也许是华尔街的大腕，可以轻松地终结他人的财务安全，而不是生命。

今晚，丹东要杀一个亿万富翁俱乐部的成员。而他还未意识到丹东的到来。

推动情节发展的句子

有些作者喜欢在设置场景时添加大量的描述性细节、提供成页的幕后故事，或陈述众多的角色内心困境，但这样的做法只会让读者厌烦。最好的办法是：只在需要澄清或阐明当前状况时才添加少量描述或幕后故事。至于角色的内心困境，应该由事件或行动表现出来，而不是直接描述出来。

以下片段节选自我自己的小说《血红宝石》(*Blood Rubies*)，请留意其中用对话来介绍几位女性角色幕后故事的技巧。每个介绍只用了三句话。介绍乔西幕后故事的三个句子共 38 个词（38 个词÷3 个句子＝平均长度不到 13 个词），而介绍安娜的三句话总共 27 个词（27 个词÷3 个句子＝平均长度为 9 个词）。

> 我和安娜站在海边，等着雷来接她。
>
> "你和彼得说矿物质油的事了吗？"我问。
>
> 她没说话，也没有看我。她凝视着大海。海水变成了暗绿色。
>
> "我跟你提过，你告诉了他，对吗？没什么恶意，只是这个小细节很有趣。"
>
> 她仍然不置可否。我也转向大海。一股稳定的东北风推动着成排的波浪轰隆隆地冲向海岸。
>
> "只剩我自己了，"她说，"我丈夫竟然为了一个年纪比我大的女人离开了我。"
>
> "对不起。"我说。
>
> "我爱他，可他为了一个年龄大得足以做他妈的女人离开了我。"

"我男朋友离开我时，说我是个失败者，这是他的原话。我失去了工作、朋友，然后是我父亲的去世，所有这些都发生在一个月左右的时间里。两周后，他也弃我而去。"

"你如何应付得来？"安娜问。

"所以，我搬到了新罕布什尔州，准备开始一段新生活。"

"有用吗？"

"有用。"

"也许我也还有希望。"

"有什么我能帮忙的吗？"我问。

"没有。"

我一直盯着大海。我们俩都没再说话，直到雷走进了停车场，安娜扑进了他的怀里。

闪回

闪回（作为一种多用途的结构性工具，在第二章中有过讨论）也是一种引入幕后故事的有效方法，但前提是必须能够同时推动当前故事的发展。否则，它们会让读者觉得无关紧要或分散读者的注意力。为了有效地使用这种方法，你需要做到以下几点：

（1）加入的时间转换应明确无误。

（2）说明幕后故事与当前故事为何相关及在哪些方面相关。

（3）尽量简短。

你可以回顾一下表 2.1 中的内容，驱动艾尔回忆录的叙事问题（案例♯2）是，艾尔是否能够继续满足他所爱之人的需求：身为银行家的妻子玛丽，律师职位退休的父亲汉密尔顿，位居软件公司高管的姐姐凯西，以及叛逆的儿子斯图尔特？在阅读下面的例子时，请留意以下几点：

- 前几句话设置了场景，介绍了时间转换，说明了引入这段闪回的正当理由（72 个词÷15 个句子＝句子的平均长度小于 5 个词）。
- 最后几句话表明时间切换到了当前的故事（54 个词÷5 个句子＝句子的平均长度约为 11 个词）。
- 设置整个场景的句子只包含 273 个词（有 37 个句子，这使得句子的平均长度少于 8 个词）。

"你妈妈打电话来了，"玛丽说，"她想来过感恩节。"

我停下了手中正在捣马铃薯泥的活："爸爸会中风的。"

"他说没问题。"

"他说谎。"

"她已经退休了。"

"律师永远不会退休的。"我拿起捣碎器，继续慢慢地捣着马铃薯泥，"她只会从母亲这份职业上退休。"

我闭上眼睛，希望能驱散那些记忆。但是没用。从来也未有用过。记忆又回到八岁时我和我妈妈在厨房里的场景。

"先放黄油。"妈妈告诉我。

爸爸冲进厨房，狠狠地瞪了妈妈一眼，目光冷得仿佛能冻住太阳。"大卫是谁？"他低吼道。

我吓得跳了起来，然后被一根松开的鞋带绊了一下。

他的手颤抖着，拿出一张浅灰色的纸。

妈妈看了一眼，然后抬起眼睛看着他。她耸了耸肩，转身继续弄土豆。"你翻我的抽屉？"

"回答我，你个婊子！"

她没有说话。我屏住呼吸，一步一步地后退，直到撞到冰箱。我待在那不敢动。我真希望只要眨一下眼睛，就能消失不见。

"滚出去。"他对她说，声音低得几乎听不见。

"很乐意。"她说着，把马铃薯捣碎器重重地摔在厨柜上。她洗了洗手，然后在一块亚麻布上擦干，朝我微笑着说："再见，艾尔。"

"你打算怎么办，艾尔？"玛丽的问题把我拉回到现在。

随着我睁开眼睛，那些丑陋的记忆消退了。过去就像带着铁球的锁链，牢牢地束缚着你。

我笑了笑："当然是跟往常一样——自嘲和微笑呗。"

用短句增加紧张感

高度紧张的时刻应该用短句。请看下面这句话：

> 从我所处的储藏室中的有利位置看，门被打开了一英寸，也许更小。两个戴着黑色滑雪面罩的持枪男子进入了办公室，然后往相反方向走去，一个向左，一个向右。梅丽莎和卡尔吓坏了，我跪倒在地，祈祷他们不会找到我。

这一长达 58 个词的句子传递了大量的信息，但没有表达出紧张感。我如果在相同的内容上添加一些感官信息和主动性动词，并缩短句子，看看会有什么改变：

> 办公室的门突然打开，两个戴着滑雪面罩的人打坏门锁冲了进来。我倒抽一口冷气，愣了一下，然后退入发霉的储藏室里。从门与门框之间一英寸的空隙里，我看到他们朝两边散开。梅丽莎呜咽地哭了起来。卡尔先是站起，然后跌回到椅子上。我口干舌燥，把手攥成拳头。枪——每个人都拿着一把枪，黑色的，边上带有银色的条纹。随着他们的移动，光点在枪身上闪烁。他们喊了句什么，我没听清。我跪在地上，沿着结实的硬木地板往前爬，躲在一堆旧文件夹的后面，祈祷他们不会发现我。

这是一个包含 119 个词的段落，是初稿的两倍多，但它有 13 个句子，使平均句子长度低于 10 个词，这是与初稿的巨大差异，也是巨大的改进。通过缩短句子和增加一些叙述，读者能够实时地体验到叙述者感到、看到、听到和想到的东西，还能感受到长句表达不出的紧迫感。

> **打造完美句子的三个建议**
>
> **在动笔之前,先想清楚自己想说什么。**准备工作做得越充分,写作过程就越流畅。要记住,每个句子都要能推动故事发展。正如我们说过的,情节设计应从一个写到下一个 TRD (参见简的《情节设计路线图》),句子写作也应该如此,将读者从一个情节点带到下一个情节点。
>
> **融合事实与情感。**最好的句子应既提供信息,也反映角色对该信息的感受。你可以利用新闻界常用的"六何法"(何事、何人、何时、何地、为何及如何)来确定哪些事实能推动故事向前发展。至于情感方面,应专注于表达一些炽热的情绪,如愤怒、热爱、绝望和厌恶,而不是那些温和的情绪,如快乐、烦恼或悲伤。正如伟大的间谍小说家约翰·勒卡雷说过的,"猫坐在垫子上不是故事,一只猫坐在另一只猫的垫子上才是故事"。你在故事中需要告诉读者,这只猫是怎么霸占了另一只猫的垫子的。它为什么要这么做?它只是单纯地想要那个垫子吗?或者,它只是想引起另一只猫的注意?将事实与强烈的情感结合起来能够引发冲突与渴望,而它们正是有效讲述故事的核心。
>
> **控制句子的长度、节奏和韵律。**最佳目标是要将句子的平均长度控制在 20 个词以内,但根据句子要起到的作用也可以灵活处理。注意,不要使用一些不必要的修饰语,如"非常""真的""完全地"等,要使用那些意义更强的名词和动词。此外,词语应精挑细选,要能准确地表达你的想法。尽量避免使用表示状态的动词和标签性词语,但可以增加隐喻等修辞手法。

注意,让句子变短并不是唯一的目标,你还需要让背景设定生动起来。叙述者看到和听到的内容也要确保读者能看到和听到。而添加对角色本能反应的描述则能增加读者的情感体验。总之,多头并进才能使你的故事光彩焕发。

以希拉·约克 2014 年的推理小说《不再心碎》(*No Broken Hearts*) 第九章里的一段节选为例,看看它是如何同时揭示故事的背景设定、情节和角色的。作者将故事背景设定在 20 世纪 40 年代好莱坞的黄金时代,并使用了感官描写以增加紧张感和戏剧性。阅读时请留意,那些闲谈的对话和独特的句子结构如何共同构建起一个充满伤害的世界。

朦胧的月光下,我走在一条小路上。当我走近小屋台阶的底部时，我看到浅灰色路面上的湿鞋印朝我而来。我没想到草会那么湿——园丁一定已经浇过草坪了。

鞋印在到达我面前时转了个弯，沿着台阶往上，出现在光亮的白漆上。它们继续"走"到灯光下。

鞋印很湿，但不是水。

我听到一声呻吟，低沉而痛苦。

"罗兰？"

我顺着鞋印走到门边，手指慢慢向前伸，直到把门完全推开。

罗兰·尼尔坐在一把藤椅上，身体前倾，拳头抵在脸上。他呼吸很浅，很痛苦。地板上有血迹，但已经没有完整的鞋印了，变成了涂漆木板上的些许污迹。它们一直朝他的脚延伸而去，指向他污迹斑斑的鞋底。

"罗兰？"

他抬起头来，茫然地看着我。

"是劳伦。"我轻声说。

"我从没想过要伤害她。从来没有。"

"还有谁在这里？"

"我从没想过要伤害她。"

"当然不会。"

我往后退了一步，来到门廊上。白色木板上的鞋印很容易辨认。它们来自与我相反的方向，来自小屋的另一端。我强迫自己沿着门廊走到远处的栏杆边，向外望去。沿铺石路面向前有一个小天井，点缀着一些栽在大木盆里的花卉。一个女人蜷成一团躺在两个木盆中间。我可以看到她裙子的蓝色下摆、她修长的腿，还有黑色的晚装鞋，鞋底对着我，上面有细细的人造宝石系带。

我踉跄着后退，扔下包，双手捂住嘴。我倒在小屋的墙上，抓住窗台，稳住自己。我必须离开这里。现在就走。回到小道上去，回到布莱克家，回到有人的地方，回到安全的地方。

转身，跑。

我转过拐角，撞上了一个高大结实的男人。

他抓住我的胳膊。我狠狠地朝他脸上打了一拳。他把我转过来，一只手捂住我的嘴，另一只手抱住我的腰。他把我拖回小屋，一脚把门关上。

找到自己的作者声纹

无论你是在写宏大的家族传奇故事、反乌托邦小说、惊险小说、儿童读物还是回忆录，无论它是情节驱动型还是人物驱动型，你都要确保别人一看到它们就知道是你的作品。这当然不容易做到。不管你工作有多努力、想法有多棒，如果句子听起来很普通、笨拙、老套、机械且令人尴尬，它都无法脱颖而出，吸引读者。所以，缺乏独特的作者声纹是书稿无法出版的最常见原因之一。

常见问题解答

问：我大量阅读，而且一直如此。我也会重读我最喜欢的作品，有时我发现自己在写作时会模仿他人作品里句子的节奏。我并不是有意要这样做的，只是这种节奏在我的脑海中挥之不去。我怎么确定自己的作者声纹不是别人作者声纹的衍生品？如果是的话，如何才能找到自己的作者声纹呢？

答：你提出了一个非常重要的问题。根据我的经验，许多作者都在压制他们的声纹。通常情况下，这种行为反映了他们的恐惧及害怕面对的现实，即如果他们放任声纹野蛮生长，最终读者会不再看重他们的努力。他们担心自己会被取笑或嘲弄，或遭到立刻拒绝。他们收回拳头，是因为害怕挨打或受伤。这种对失败的恐惧可能会使人崩溃。同时，它也是造成作家心理障碍①的常见原因，即使你克服了这一障碍，最终写出的作品也平淡无奇，缺乏深刻的见解。

---

① 作家心理障碍（writer's block）：指作家经历的一种状态，这种状态下的作家无法创作新作品或正在经历创新放缓。这种创新放缓不是由于决心问题，也不是缺乏写作技巧的结果，而主要是作家心理上害怕失败、害怕成功或追求完美主义等其中一种或几种心理状况交织的结果。——译者注

你应该还记得我们花了大量的时间来分析特定的读者喜欢什么、期望什么和想要什么（参见第一章）。把这些分析结果加入进来！然后再尝试一下这个由两部分组成的练习：

(1) 虚拟一个朋友——一个理想读者，即根据你在第一章中所做的研究和分析，喜欢你小说体裁的人。你不必担心他会以任何方式伤害你，因为他总是站在你这边，希望你成功，且非常有耐心，也很善良。尽情地为他写作吧。有些作者发现这种方法很有用：与这位虚拟读者进行虚拟对话，录下对话语音，再转成文字，作为他们的初稿。这时，不要以你自己的身份去编辑（或对话），那是后面要讲的一个单独步骤。你可以尝试以你梦想的方式写上一段、一页或一个简短的场景。有句俗语叫"成功，从假装开始"，很适合用在这里。写作时试着让词语自己流动起来，它们会流动起来的。记住，这位虚拟的朋友只存在于想象之中——除了你，没人会看到你的草稿，所以大胆写作吧。然后修改，再修改。

(2) 从你写作的体裁中选择一个你最喜欢的例子。[在写第一部"乔西·普雷斯科特古董悬疑"系列作品之前我也做了这个练习，我选择的是迪克·弗朗西斯的第一人称传统推理小说《反射》($Reflex$）。选择它的原因是它与我想写的体裁相同，而且我喜欢这部作品。]用具体的指标对比你的作品与你选择的作品，如平均句子长度、"我"的使用（在以读者为中心的第一人称故事写作中是重要的指标）、表状态类动词的使用，或任何你认为合适的评估指标。看看你的作品与你选为示例的作品存在哪些不同？在哪些方面有模仿痕迹？

做得好的地方请保持下去，不喜欢的地方就进行修改。这里告诉你一个窍门：写作时要将创造过程和批评过程分开。如果你仍纠结于第一遍写作时就融入自己的声纹，说明你正试图一次性完成两个过程。只有将两个过程分开进行，才能将你从这种纠结中解放出来！也就是说，分两步进行：第一步是先写出初稿，即创造过程，此时无须考虑融入你的声纹；第二步是评估初稿，即批评过程，此时再考虑融入自己的声纹。

作者声纹是人的思想、信仰、感觉、观察及直觉的混合体，并以独一无二的方式表达出来。它可能与节奏、选词、措辞、对方言的使用相关，也可能不相关，或者还与其他的一些东西相关。但这些都不重要。重要的是，你的作品要有自己独特的烙印。自由自在、无拘无束地去写作吧。把真相写下来，因为读者渴望真相。当你完成写作时，作者声纹就会自己出现，甚至主动找上门来。

修订时应目标明确

当你尝试修改表13.1中那个过于冗长、混乱且普通的句子时，不要忘记在其中加入你的作者声纹，使修改后的句子更具辨识度。修改完成之后，请思考在哪些地方遇到了困难。修订时是只考虑要达成的情境效果，还是会因为个人喜好而不顾效果？是在对角色、情节、背景设定及情感有综合思考的基础上，专注于文字本身吗？有考虑过作者声纹吗？能否做到写作时随心所欲，为这些片段打上只属于你的独特烙印？

表 13.1　目标明确地修订
在修改之前，请先想好你想表达什么，要包含哪些事实、哪些情感。
修订前：她知道需要至少再给三家保险公司打电话才能有信心得到最好的价格，达不到这种程度的研究她的老板就不会信任她，然而她想做的却是离开这里，到游泳池去，她知道在那里自己将会遇到和山姆一样的麻烦。（句子长度达61个词。）
修订后：

你如果与大多数作家一样，就会发现当你知道自己想要表达什么时，写作会变得更容易。这一章就是要告诉你，先思考，再写作，写完后再修改。不要忘记：语言表达很重要。接下来是我们的最后一项任务——收尾。

第十四章　收　尾

当帷幕后的秘密最终被揭开时，它既要让人感觉理所应当，同时又要出人意料。

——玛格丽特·阿特伍德

深思熟虑地收尾：3X策略

在故事的结尾，所有主要和次要情节都必须得到了结，所有的角色问题都必须得到回答，所有的冲突都必须得到解决，而且不能牵强或依赖于巧合。为实现这一目标，你需要追踪情节和角色细节。这可能对你来说是一个结构性的挑战，但我的3X策略将能助你管理好这一过程。

第一步：当你在书中提到任何一个需要在未来解决的问题时，或者在任何你不满意的地方，请键入符号"XXX"。这是因为"XXX"不会出现在任何英文单词中，你可以轻易地查找到它们（在Word软件中可以使用Ctrl＋F组合键），并在做好准备后一个个地进行修改。

第二步：创建一个"情节线索"列表，把它放在原稿的后面或一个单独的文件中。定期回顾这个列表，尽量记住表中内容，这样，你就不会有忘记处理它们的风险了。

下面两个示例来自案例♯1（家庭惊险小说），展示了在3X策略的帮助下如何写出浑然天成的故事。

● 在第5页，我提到凯拉喜欢虾，但因为过敏又不能吃。如果我从此不再提虾，那就会犯"契诃夫之枪"（参见第一章）式的错误，但我又不想依靠记忆回溯到这里来解决问题。我的解决办法是：在"虾"字的旁边键入"XXX"，然后在情节线索列表里加入"凯拉——对虾过敏"这一条目。注意：这里不需要记录具体的页码，因为修改时它还会改变。

● 在第20页，有一个句子我不太喜欢。我还想再多思考一下，重新修改这句话，但在初稿完成之前我不想在这句话上浪费太多时间。我的解决办法是：在这句话的开头键入"XXX"。

3X策略可以极大地减轻大脑的负担，让它不必记住太多的细节。而当大脑轻装上阵时,你就可以将注意力放在当下,全神贯注地写作。

> **常见问题解答**
>
> 问:这个写作指南也适用于短篇小说吗?
>
> 答:是的。无论故事篇幅大小,同样都需要叙事问题、TRD、角色发展、优雅的文笔,以及对真相的缓慢揭露等。因此,本书所讨论的所有工具都适用于短篇小说。以下是《阿尔弗雷德·希区柯克悬疑杂志》主编琳达·兰德里根提出的另外两个建议:
>
> (1)"展示细节"这一概念很重要,尤其是在篇幅有限的短篇小说中。准确的细节可以唤起读者对整个场景的想象。而添加与场景不和谐的细节则是增强悬念的一种有效方法——它能使读者意识到眼前的场景不对劲。
>
> (2)如果仅仅因为太过于简短,就让有些作者认为缓慢揭露真相的技巧不适用于短篇小说,那他们就错了。缓慢揭露真相可用来构建叙事动力,而且它呈现重要细节的方式与故事的整体叙事节奏密切相关。
>
> 无论你想讲什么样的故事,这些建议都能为你的作品增添光彩和悬念。

无论你如何追踪情节与角色细节,请记住你最重要的目标是:充满激情且思路清晰地讲述你想要讲述的故事。激情与清晰的思路能带给人启迪,并最终赢得读者的欢呼。

启迪——邀请读者走进故事的世界

当伟大的剧作家阿瑟·米勒担任"笔会"(笔会代表的是诗人、剧作家、散文家、编辑和小说家)主席时,他写道:"笔会倡导的是各种文化之间进行真实的对话,而不是像政府或军队一样,非要搞什么对抗。我们的目标不是赢得什么,而是要带给人启迪。""启迪"一词代表着对写作的崇高挑战,它意味着在让读者如饥似渴阅读的同时,还要找到表达真相的办法。

作为一名作家,你的工作就是敞开大门,邀请读者进来分享角色的经历。让读者自己走进来,而不是硬把他们推进去或拖进来。每个人都很聪明，读者也不笨。一般来说，人们只做他们想做的事，这意味你要说服、教育或娱乐读者，要学会循循善诱而不是恫吓。正如阿瑟·米勒所说，给读者以启迪。

让工具发挥作用

当角色遇到麻烦、危险迫在眉睫时，对作家来说，讲述角色的经历、谈论角色的想法是极具诱惑力的。然而，让读者实时感受到角色的感受，会使故事更加扣人心弦。例如，不要写"汤米意识到他的兄弟不见了"，试试这样写：

> 汤米看见杰克的棒球手套还放在旧书桌的上面，在它原来的地方。冬天微弱的阳光照射在手套左边的磨损处，那是杰克抓住过一百个直线球的地方，也许有一千个。汤米的眼睛噙满了泪水，他愤怒难平，用手粗暴地擦去了泪水。他的喉咙哽住了，咳嗽起来。杰克绝不会丢下他的手套，从来没有。

这样写是不是更好？你能体会到紧张感吗？你能感觉到汤米的担忧吗？你不想知道杰克在哪里吗？

你也能做到这样充满激情且思路清晰地写作。请使用表14.1中的清单来指导你完成写作过程，并确保不要遗漏其中的任何一点。因为不需要考虑整个写作项目，这个清单还能够缩小你的工作范围，进而帮助你克服作家心理障碍。而你所要做的就是集中精力，一次解决一个问题。

表14.1　写作检查清单
● 你是否分析过你所选体裁的范例？你从中学到了哪些可以应用到自己作品中的经验或技巧？
● 你选择了什么样的故事结构，线性的还是非线性的？还能增加哪些结构强化手段，比如书立式叙事、分类、闪回或闪进？
● 你的叙事问题是什么？
● 你设计好情节线了吗？（如果你写的是回忆录或纪实文学作品，你描绘出故事线了吗?）

第十四章 收尾

- 你知道驱动角色前进的动力是什么吗？列出一些能驱动角色的突出因素，你是否已经将这些因素充分地融入了故事？
- 你完全了解故事的背景设定吗？它有什么特别之处？它有什么价值？它会如何影响角色？它会如何影响情节？
- 你已经设置了两个次要情节吗？
- 你为故事添加了足够多的 TRD 吗？
- 在表达人的意识或思考时，你使用了像"意识到"或"知道"这样含义较弱的词吗？
- 你使用过任何表达状态的动词吗？如果使用了，你能够或应该将它们修改成主动性动词吗？（注意：虽然不是每个表达状态的动词都不恰当，但一定要挑战自己，看看换一个主动性动词是否会让句子变得更好。）
- 你能为故事添加一些隐喻吗？
- 你有使用红鲱鱼谬误吗？它们植入得巧妙吗？
- 你有为危险时刻埋下伏笔吗？应该这样做吗？
- 你有为故事设置任何惊喜吗？你有通过让读者更充分地了解有关情况或情况的某些方面，而将惊喜转化成悬念吗？
- 你是否添加了对角色感官元素的描写，来提升辨识度并消除"讲述"的痕迹？
- 谁背叛了你的角色？为什么？
- 你的角色如何应对这种背叛？
- 如果角色没有完成你设定的目标，会有什么后果？也就是说，存在哪些风险，它们足够高吗？
- 你安排好对真相的缓慢揭露了吗？
- 在故事的结尾处，你回答了叙事问题吗？
- 作品的句子平均长度是多少？它足够短吗？
- 你是否使用了各种长度的句子？
- 你的故事中有任何巧合的地方吗？如果有，那就这样消除它——回到故事开头，植入事实、制造事件或者改变角色属性，把那些感觉突兀的内容，变成玛格丽特·阿特伍德所说的"出乎意料但又理所当然"。
- 你选词时经过深思熟虑吗？所有用词都精确吗？
- 你是否过于频繁地重复某些词语？你是否有偏爱的或倾向于反复使用的"口头禅"？找到它们，并根据需要进行替换。

- 你是否已经将所有的情节线索都无缝衔接在了一起？
- 你能否不受限制地表达自己？你能自由地使用自己的作者声纹写作吗？
- 你的故事是否以一个全局性的反思收尾？

如果对表 14.1 中列出的清单有任何不清楚的地方，或者你想对某个特定的问题进行更多的思考，请回到书稿中与之对应的部分。重读这些内容，然后把我们讨论过的写作工具应用到你的作品中。尽情尝试吧！

思考、写作、修改（请按此顺序进行）

在做最后的这个练习（见表 14.2）时，请记住：任何一个想法都有无数种表达方式，没有所谓的唯一正确方法。以下技巧能够帮助你更好地完成这个"角色代入"的练习：

- 在脑海中想象出相关场景的画面。
- 从故事世界的角度看待你的角色。
- 预估行动会造成的影响。
- 把自己置身于故事中的时刻，然后自信地写出这个场景。
- 修改草稿时，加入你的作者声纹。
- 相信好的写作程序能产生好的结果。

表 14.2　练习：将各种工具整合在一起

第一部分：在这个情境中做角色代入练习。假设玛尼发现自己很孤单、很害怕，或者说她因孤单而害怕。思考一下如何用感官细节描写代替下面这句话中的"知道"一词：玛尼知道她并不孤单。

- 描述一下玛尼看到了什么，让她知道她并不孤单。
- 描述一下玛尼听到了什么，让她知道她并不孤单。
- 描述一下玛尼摸到了什么，在她皮肤上产生了什么感觉，让她知道她并不孤单。
- 描述一下玛尼尝到了什么，在她嘴里产生了什么味道，让她知道她并不孤单。

- 描述一下玛尼闻到了什么,是浓香、芳香,还是臭味,让她知道她并不孤单。

第二部分:利用你写下的一个或多个感官细节,修改这个场景以增强紧迫感和提升辨识度。让这一刻跃然纸上,牢牢抓住你的读者。

- 确定故事接下来的走向,现在就开始修改吧。

总结和反思:
- 你对自己的作品有何评价?
- 这种条理分明的写作程序能不能帮助你写出更好的作品?
- 哪些是你想记住并想在今后的写作中使用的关键收获?
- 下次写作你会做出哪些改变?

最后的一些思考

记住,结构为王,清晰次之。角色性格和事件必须步调一致。感官描写能帮你"展示"事件,而不是"讲述"事件。不要过早过快地揭露真相。叙述故事时请尽可能多地使用对话和行动。确保你已经在故事结尾回答了叙事问题。再好好打磨语言,谨慎措辞,为故事添加一些隐喻。

当你完成写作与反思工作后,请记得对自己好一点。写作很辛苦,修改也是如此。多运用本书介绍的写作工具吧,它们将确保你的故事与读者产生共鸣。放心吧,会有好的出版社接纳你的作品。它们不仅会大卖,还会受到读者的喜爱。

后记

> 只要敢于梦想，就有可能成功。
>
> ——华特·迪士尼

写作的价值

价值♯1：回馈读者

我母亲出生于1910年。她在大约二十年前去世了。如果不是有这样一位母亲，我就不会成为一名作家。她也是作家，视写作为使命的作家。她留下了各式各样的许多作品，包括20世纪中期在《真正的浪漫》(*True Romance*)等杂志上匿名发表了一些生动的第一人称故事。

十二岁那年，我在阁楼上偶然发现了一个纸箱，里面装着我母亲的手稿。我拿起的第一份手稿题为"我知道他已经结婚了，但我并不在乎。我也结婚了"。我坐到地板上，自己一个人将手稿读了一遍，之后又读了一遍。然后，我走下楼去，想问问这是什么。

"妈，"我用自己表示反对的标志性语气问道，"这是什么？"

她瞥了一眼手稿："那只是小试牛刀。"

价值♯1：写作是为了给读者带来快乐。能做到这一点，你的作品就会畅销。读者读了你的这一本，还会想看下一本。写作是为了读者，而不是为了你自己。

价值♯2：培养耐心

我妈妈喜欢修改胜过写作。我也是。通过修改，你能得到正确的结构、恰当的措辞、舒适的语言节奏，以及你想要传达的情感。不要急着赶时间。不要爱上你的作品——那相当于爱上了"爱"，而不是爱上了某个人。要用锐利的目光、客观的态度及对读者期望的清晰理解来修改作品。

每名作家都应该拥有自己的一套写作程序。我的写作程序是非常具体的三步法：第一步，设置情节线；第二步，在修改时融入情感、性格驱动力及感官描写；第三步是反复修改，直到每个词都恰到好处。

欧内斯特·海明威曾经告诉 F. 斯科特·菲茨杰拉德："我每写出漂亮的一页，都伴随着 90 页的垃圾，只不过我把垃圾都扔进了垃圾筐里。"

价值♯2：不要期望初稿就是定稿。

价值♯3：发现自己的价值

我的母亲把真相看得高于一切。与人沟通时，她不喜欢留下任何没有说清的空白。这让她有时很难相处，而且很多时候很孤独，因为很多人不认同她对真相的崇敬。但你知道她的立场从不会改变，这也使她绝对值得信赖。

价值♯3：发现自己的价值，把它们写下来。

价值♯4：善待自己

从写作到付梓的道路充满了曲折与障碍。历经曲折、克服障碍是成为作家的一部分——没有捷径；或者有，但我不知道。要想成为作家就要学习写作的技巧，还要找到只属于自己的作者声纹。将作品投向市场是需要勇气的。是的，写作需要自律，但也需要善待自己。

价值♯4：善待自己。

将这四种价值结合在一起就是作家的宣言。要大胆，要慷慨，要专注，要自立。要写出真情实感。

我有绝对的信心你可以做到以上要求，而且你能够做得很好。

我相信你。

创意写作书系

这是一套广受读者喜爱的写作丛书,系统引进国外创意写作成果,推动本土化发展。它为读者提供了一把通往作家之路的钥匙,帮助读者克服写作障碍,学习写作技巧,规划写作生涯。从开始写,到写得更好,都可以使用这套书。

综合写作		
书名	作者	出版时间
成为作家	多萝西娅·布兰德	2011年1月
一年通往作家路——提高写作技巧的12堂课	苏珊·M. 蒂贝尔吉安	2013年5月
创意写作大师课	于尔根·沃尔夫	2013年6月
渴望写作——创意写作的五把钥匙	格雷姆·哈珀	2015年1月
与逝者协商——布克奖得主玛格丽特·阿特伍德谈写作	玛格丽特·阿特伍德	2019年10月
文学的世界	刁克利	2022年12月
从创意到畅销书——修改与自我编辑	詹姆斯·斯科特·贝尔	2016年1月
来稿恕难录用——为什么你总是被退稿	杰西卡·佩奇·莫雷尔	2018年1月
虚构写作		
小说写作教程——虚构文学速成全攻略	杰里·克里弗	2011年1月
开始写吧!——虚构文学创作	雪莉·艾利斯	2011年1月
冲突与悬念——小说创作的要素	詹姆斯·斯科特·贝尔	2014年6月
视角	莉萨·蔡德纳	2023年5月
悬念——教你写出扣人心弦的故事	简·K. 克莱兰	2023年5月
情节与人物——找到伟大小说的平衡点	杰夫·格尔克	2014年6月
人物与视角——小说创作的要素	奥森·斯科特·卡德	2019年3月
情节线——通过悬念、故事策略与结构吸引你的读者	简·K. 克莱兰	2022年1月
经典人物原型45种——创造独特角色的神话模型(第三版)	维多利亚·林恩·施密特	2014年6月
经典情节20种(第二版)	罗纳德·B. 托比亚斯	2015年4月
情节!情节!——通过人物、悬念与冲突赋予故事生命力	诺亚·卢克曼	2012年7月
如何创作炫人耳目的对话	詹姆斯·斯科特·贝尔	2016年11月
如何创作令人难忘的结局	詹姆斯·斯科特·贝尔	2023年5月
超级结构——解锁故事能量的钥匙	詹姆斯·斯科特·贝尔	2019年6月
故事工程——掌握成功写作的六大核心技能	拉里·布鲁克斯	2014年6月
故事力学——掌握故事创作的内在动力	拉里·布鲁克斯	2016年3月
畅销书写作技巧	德怀特·V. 斯温	2013年1月
30天写小说	克里斯·巴蒂	2013年5月
从生活到小说(第二版)	罗宾·赫姆利	2018年1月

写小说的艺术	安德鲁·考恩	2015 年 10 月
成为小说家	约翰·加德纳	2016 年 11 月
小说的艺术	约翰·加德纳	2021 年 7 月
非虚构写作		
开始写吧！——非虚构文学创作	雪莉·艾利斯	2011 年 1 月
写作法宝——非虚构写作指南	威廉·津瑟	2013 年 9 月
故事技巧——叙事性非虚构文学写作指南（第二版）	杰克·哈特	2023 年 3 月
自我与面具——回忆录写作的艺术	玛丽·卡尔	2017 年 10 月
写我人生诗	塞琪·科恩	2014 年 10 月
类型及影视写作		
金牌编剧——美剧编剧访谈录	克里斯蒂娜·卡拉斯	2022 年 1 月
开始写吧！——影视剧本创作	雪莉·艾利斯	2012 年 7 月
开始写吧！——科幻、奇幻、惊悚小说创作	劳丽·拉姆森	2016 年 1 月
开始写吧！——推理小说创作	劳丽·拉姆森	2016 年 7 月
弗雷的小说写作坊——悬疑小说创作指导	詹姆斯·N. 弗雷	2015 年 10 月
好剧本如何讲故事	罗伯·托宾	2015 年 3 月
经典电影如何讲故事	许道军	2021 年 5 月
童书写作指南	玛丽·科尔	2018 年 7 月
网络文学创作原理	王祥	2015 年 4 月
写作教学		
剑桥创意写作导论	大卫·莫利	2022 年 7 月
小说写作——叙事技巧指南（第十版）	珍妮特·伯罗薇	2021 年 6 月
你的写作教练（第二版）	于尔根·沃尔夫	2014 年 1 月
创意写作教学——实用方法 50 例	伊莱恩·沃尔克	2014 年 3 月
创意写作思维训练	丁伯慧	2022 年 6 月
故事工坊（修订版）	许道军	2022 年 1 月
大学创意写作·文学写作篇	葛红兵 许道军	2017 年 4 月
大学创意写作·应用写作篇	葛红兵 许道军	2017 年 10 月
小说创作技能拓展	陈鸣	2016 年 4 月
青少年写作		
会写作的大脑 1——梵高和面包车（修订版）	邦妮·纽鲍尔	2018 年 7 月
会写作的大脑 2——怪物大碰撞（修订版）	邦妮·纽鲍尔	2018 年 7 月
会写作的大脑 3——33 个我（修订版）	邦妮·纽鲍尔	2018 年 7 月
会写作的大脑 4——亲爱的日记（修订版）	邦妮·纽鲍尔	2018 年 7 月
奇妙的创意写作——让你的故事和诗飞起来	卡伦·本基	2019 年 3 月
有个性的写作（人物篇＋景物篇）	丁丁老师	2022 年 10 月
成为小作家	李君	2020 年 12 月
写作魔法书——让故事飞起来	加尔·卡尔森·莱文	2014 年 6 月
写作魔法书——28 个创意写作练习，让你玩转写作（修订版）	白铅笔	2019 年 6 月
写作大冒险——惊喜不断的创作之旅	凯伦·本克	2018 年 10 月
小作家手册——故事在身边	维多利亚·汉利	2019 年 2 月
北大附中创意写作课	李韧	2020 年 1 月
北大附中说理写作课	李亦辰	2019 年 12 月

创意写作课程平台

从入门到进阶多种选择，写作路上助你一臂之力

扫二维码随时了解课程信息

"创意写作课程平台"由中国人民大学出版社"创意写作书系"编辑团队精心打造，历经十余年积累，依托"创意写作书系"海量素材，邀请国内外优秀写作导师不断研发而成。这里既有丰富的资源分享和专业的写作指导，也有你写作路上的同伴，曾帮助上万名写作者提升写作技能，完成从选题到作品的进阶。

写作训练营，持续招募中

- **叶伟民故事写作营**

  高人气写作导师叶伟民的项目制写作训练营。导师直播课，直击写作难点痛点，解决根本问题。班主任 Office Hour，及时答疑解惑，阅读与写作有问必答。三级作业点评机制，导师、班主任、编辑针对性点评，帮助突破自身创作瓶颈。

- **开始写吧！——21天疯狂写作营**

  依托"创意写作书系"海量练习技巧，聚焦习惯养成、人物塑造、情节设置等练习方向，21天不间断写作打卡，班主任全程引导练习，更有特邀嘉宾做客直播间传授写作经验。

精品写作课，陆续更新中

- **小说写作四讲**

  精美视频 + 英文原声 + 中文字幕

  全美最受欢迎的高校写作教材《小说写作》作者珍妮特·伯罗薇亲授，原汁原味的美式写作课，涵盖场景、视角、结构、修改四大关键要素，搞定写作核心问题。

- **从零开始写故事**

  高人气写作导师叶伟民系统讲解故事写作的底层逻辑和通用方法，30讲视频课程帮你提高写作技能，创作爆品故事。

精品写作课

作家的诞生——12位殿堂级作家的写作课

中国人民大学习克利教授10余年研究成果倾力呈现，横跨2800年人类文学史，走近12位殿堂级写作大师，向经典作家学写作，人人都能成为作家。

荷马：作家第一课，如何处理作品里的时间？
但丁：游历于地狱、炼狱和天堂，如何构建文学的空间？
莎士比亚：如何从小镇少年成长为伟大的作家？
华兹华斯和弗罗斯特：自然与作家如何相互成就？
勃朗特姐妹：怎样利用有限的素材写作？
马克·吐温：作家如何守望故乡，如何珍藏童年，如何书写一个民族的性格和成长？
亨利·詹姆斯：写作与生活的距离，作家要在多大程度上妥协甚至牺牲个人生活？
菲兹杰拉德：作家与时代、与笔下人物之间的关系？
劳伦斯：享有身后名，又不断被诋毁、误解和利用，个人如何表达时代的伤痛？
毛姆：出版商的宠儿，却得不到批评家的肯定。选择经典还是畅销？

一个故事的诞生——22堂创意思维写作课

郝景芳和创意写作大师们的写作课，国内外知名作家、写作导师多年创意写作授课经验提炼而成，汇集各路写作大师的写作法宝。它将告诉你，如何从一个种子想法开始，完成一个真正的故事，并让读者沉浸其中，无法自拔。

郝景芳：故事是我们更好地去生活、去理解生活的必需。
故事诞生第一步：激发故事创意的头脑风暴练习。
故事诞生第二步：让你的故事立起来。
故事诞生第三步：用九个句子描述你的故事。
故事诞生第四步：屡试不爽的故事写作法宝。

Mastering Suspense, Structure, and Plot: How to Write Gripping Stories That Keep Readers on the Edge of Their Seats

By Jane K. Cleland

Copyright © 2016 by Jane K. Cleland

All rights reserved including the right of reproduction in whole or in part in any form.

This edition published by arrangement with Writer's Digest Books, an imprint of Penguin Publishing Group, a division of Penguin Random House LLC.

Simplified Chinese version © 2023 China Renmin University Press.

All Rights Reserved.

图书在版编目（CIP）数据

悬念：教你写出扣人心弦的故事 /（美）简·K. 克莱兰（Jane K. Cleland）著；赵俊海，张琮，龙惠慧译. -- 北京：中国人民大学出版社，2023.6
（创意写作书系）
ISBN 978-7-300-31692-5

Ⅰ. ①悬… Ⅱ. ①简… ②赵… ③张… ④龙… Ⅲ. ①故事－文学创作方法 Ⅳ. ①I054

中国国家版本馆 CIP 数据核字（2023）第 079681 号

创意写作书系
悬念
教你写出扣人心弦的故事
[美] 简·K. 克莱兰　著
赵俊海
张　琮　译
龙惠慧
Xuannian

出版发行	中国人民大学出版社		
社　　址	北京中关村大街 31 号	邮政编码	100080
电　　话	010 - 62511242（总编室）		010 - 62511770（质管部）
	010 - 82501766（邮购部）		010 - 62514148（门市部）
	010 - 62515195（发行公司）		010 - 62515275（盗版举报）
网　　址	http://www.crup.com.cn		
经　　销	新华书店		
印　　刷	天津中印联印务有限公司		
开　　本	720 mm×1000 mm　1/16	版　　次	2023 年 6 月第 1 版
印　　张	15.5 插页 1	印　　次	2023 年 6 月第 1 次印刷
字　　数	201 000	定　　价	59.00 元

版权所有　侵权必究　印装差错　负责调换